A COUPER LE SOUFFLE...
(Roman policier)

Copyright 2020, Philippe Bedei

Edition : BoD - Books on Demand -
12/14 rond-point des Champs-Elysées, 75008
Paris Impression : BoD - Books on Demand, Norderstedt,
Allemagne

ISBN : 9782322238286

Dépôt légal : Juillet 2020

A couper le souffle…

Philippe Bedei

1) Un si bel endroit…

Sur le chemin pentu, déjà battu par le vent, qui menait les deux hommes vers le sommet de la falaise, l'une des deux silhouettes s'arrêta quelques secondes, se retourna et lança, tout essoufflé, à son compagnon « Encore un petit effort, monsieur Tavernier et vous serez bientôt récompensé… »

L'homme qui venait de parler ainsi s'appelait Julien Blanvin. C'était le gérant « d'Albâtre Immo » l'une des plus grosses agences immobilières du Havre. Un grand gaillard de plus d'1 mètre 80, déjà un peu enrobé bien qu'encore relativement jeune. Justement, le week-end dernier, il venait de fêter son anniversaire en famille.

« Déjà 42 ans mon chéri… » lui avait alors susurré en l'embrassant son épouse Émilie, autour de quelques amis, des grands-parents et de leur fils Jonathan.

Émilie Blanvin était une jolie brune à la taille fine et aux yeux clairs. Elle avait quelques années de moins que son mari et cela faisait déjà sept ans que le couple s'était marié.

Pendant qu'il s'échinait à grimper vers le haut de la falaise Julien Blanvin se repassait le film de son anniversaire et ses pensées se dirigèrent immanquablement vers son épouse Émilie. Avec son air mutin et sa silhouette de mannequin, c'est vrai qu'elle était avenante. Blanvin aimait à se la remémorer mentalement en se répétant qu'il avait bien de la chance d'être l'époux d'une aussi jolie femme.

« C'est encore loin monsieur Blanvin ?... »

L'homme qui venait de le sortir ainsi de ses rêveries familiales s'appelait Jean Tavernier. C'était un petit homme trapu, aux mains calleuses, au regard fuyant, aux cheveux déjà clairsemés, semblant éreinté par cette montée qui n'en finissait pas.

Bien qu'aux yeux de Blanvin, il en avait ni l'accent ni le physique, monsieur Tavernier s'était présenté à lui, quelques heures plus tôt, comme un Parisien aisé cherchant à acquérir un bien immobilier dans la région. « Je veux me dépayser complétement… » lui avait-il dit au téléphone.

En cette journée grise et froide de fin novembre 2016, les deux hommes avaient donc passé l'après-midi à visiter des appartements mis en vente à Étretat, la célèbre station normande se situant, à peu de chose près, à mi-chemin entre Le Havre et Fécamp.

Les appartements visés étaient des deux-pièces, à la demande expresse de monsieur Tavernier. Cela tombait bien, Blanvin détenait trois mandats de vente dans son portefeuille semblant correspondre aux besoins de cet acheteur potentiel.

Durant toute cette fin d'après-midi, devant un client à l'air renfrogné et parfois absent, Blanvin avait péroré sur les bienfaits de la côte normande, de l'air marin, du havre de paix qu'était Étretat hors saison estivale. De toute façon, il pouvait parler comme cela des heures et des heures. Il aimait son job d'agent immobilier. Embobiner les clients les plus suspicieux, leur vendre du rêve, raconter au besoin n'importe quoi, ça lui plaisait. Il avait le métier dans le sang.

Il y consacrait d'ailleurs beaucoup de temps, trop même se disait-il parfois, laissant Émilie et le petit Jonathan âgé de cinq ans bien seuls à la maison. Mais pour Blanvin, qui était un pur commercial, en dehors d'Émilie et de son fils, ses seuls objectifs dans la vie étaient de « faire du fric », comme il disait parfois vulgairement et de frimer ensuite avec.

Dans le cadre mental finalement assez étroit de cet homme, Émilie n'avait donc pas de raison de regretter de voir si peu son époux en semaine ni même le samedi. Les affaires il fallait bien quand même aller les chercher…

D'ailleurs, elle n'avait pas se plaindre. Le couple habitait un magnifique appartement de 150 m² en plein centre du Havre, sans compter deux appartements que Blanvin louait à l'année, l'un à Honfleur, l'autre récemment acquis à Trouville. Et bientôt, il comptait acquérir un « Pacific Craft » qu'il lorgnait depuis un certain temps. Il le voulait ce puissant bateau à moteur davantage d'ailleurs pour épater la galerie que pour s'évader un week-end avec Émilie et le petit.

Il n'avait cependant pas prêté attention au fait que son épouse ne se montrait pas spécialement attirée par de futures escapades motorisées en mer. « Ça secoue, il fait froid, on est trempé … » se disait-elle souvent sans chercher à affronter de front son mari sur le sujet.

Après les visites, et comme il en avait été convenu par téléphone, monsieur Blanvin avait accepté de jouer les guides pour accompagner son client au sommet de l'une des trois célèbres falaises d'Étretat, celle d'Amont. « Vous verrez, lui avait-il dit, tout en haut, la vue est impressionnante, c'est à couper le souffle… » Et Tavernier en le remerciant de ce petit bonus avait même rajouté « merci bien, monsieur Blanvin, je viens de si loin qu'il aurait été effectivement dommage que je n'en profite pas… »

La montre de Blanvin marquait 20 heures 45 lorsque les deux hommes arrivèrent enfin sur le plateau battu par un vent de fin d'automne. Fourbus d'avoir grimpé les 260 marches qui séparaient la plage de la falaise, les deux hommes s'arrêtèrent quelques secondes pour reprendre leur souffle. La nuit était tombée. Il faisait désormais très sombre et le vent qui enveloppait les deux hommes soufflait en rafales brusques et saccadées. Avant de contempler l'horizon et le point de vue forcément extraordinaire qu'ils allaient découvrir, Blanvin et Tavernier se plaquèrent quelques instants derrière les murs protecteurs d'une petite chapelle[1] plantée là comme un défi permanent aux éléments tempétueux venus du ciel.

« Alors, monsieur Tavernier, nous y sommes. C'est le grand moment ! En passant simplement derrière la chapelle, éclairés par la lune et les lumières de la côte, nous verrons l'une des plus belles merveilles au monde, l'océan à nos pieds, une vision panoramique des arches des célèbres falaises d'Étretat, faites de calcaire, de silex, de couleurs uniques, de reflets magiques... »

Sur un signe d'acquiescement de Tavernier, les deux hommes contournèrent la chapelle et se retrouvèrent dans un espace réservé aux touristes. En cette période de l'année et à cette heure-là, ils étaient seuls.

---

[1] Dite « Notre-Dame de la Garde... »

Le spectacle qui s'offrit alors à eux était effectivement magnifique. En cette minute précise, bien que traversés d'un vent froid qui mordait leurs visages, ils se sentaient un peu les rois du monde.

Pendant quelques secondes, les deux hommes regardèrent l'horizon en se taisant. Même Blanvin ressentait fortement la beauté des lieux. Puis lentement Tavernier tourna la tête vers son guide improvisé et parla d'une voix sourde et émue.

- Monsieur Blanvin, je vous remercie de m'avoir accompagné au plus haut de cette falaise et de m'avoir permis de voir ce spectacle avant de mourir…

En une fraction de seconde le sang de Blanvin se glaça…

- Que voulez-vous dire ? êtes-vous devenu fou ?

- Hélas, non monsieur Blanvin, je ne veux plus vivre, mais jusqu'à présent je n'ai pas eu le courage de quitter ce monde. Grâce à vous, je vais enfin partir…

Et tout en prononçant ces paroles d'un air las et désespéré, à petits pas, monsieur Tavernier s'était progressivement glissé derrière l'une des barrières de sécurité. Le vide lui tendait les bras…

Blanvin, très pâle, le cœur battant, enchaîna alors rapidement

- Attendez, monsieur Tavernier, attendez… c'est une plaisanterie… reprenez-vous… allez, ne faites pas l'enfant…, repassez derrière cette barrière, je vous en prie…

Mais Tavernier désormais ne bougeait plus. Il fixait désespérément le vide et cela dura d'interminables secondes quand soudain il murmura

- J'ai trop peur, monsieur Blanvin… je n'y arrive toujours pas… je suis tétanisé… venez me reprendre où je vais tomber… j'ai peur…

Alors Blanvin, stressé à l'extrême, passa lui-même derrière la barrière et tendit la main au désespéré

- Allons, monsieur Tavernier, ce n'est rien…, je suis là… On va s'en sortir… prenez ma main…

À la seconde où l'agent immobilier lui tendit la main, Tavernier la saisit fermement et d'une forte poussée latérale fit basculer Blanvin dans le vide. Il eut juste le temps de voir les yeux de Blanvin, écarquillés de terreur, avant de l'entendre hurler dans la nuit noire. Un cri déchirant couvert assez vite du bruit du ressac des vagues léchant le pied de l'arche. Tout avait été très vite. Un silence oppressant flottait désormais en haut de la falaise, là où, légèrement hébété se tenait le meurtrier de Julien Blanvin...

En se dégageant de la zone dangereuse, les jambes flageolantes et l'air ahuri, Jean Tavernier avant de quitter les lieux et tout en regardant autour de lui, eut encore cette dernière pensée morbide « vous aviez vraiment raison, monsieur Blanvin, c'est bien un endroit à couper le souffle... et j'en suis vraiment navré pour vous... »

2) L'inconnu d'Étretat

- Bonjour Charles, quel temps pourri ce matin...

L'homme qui pénétrait ruisselant de pluie ce vendredi matin 25 novembre 2016 dans les locaux du commissariat de police du Havre était l'inspecteur Maxence Genevois. C'était un homme élancé, au visage bien dessiné, aux cheveux noirs et à l'œil vif, un beau garçon en somme que tout le monde appelait « Max »

Cette familiarité générale au sein du commissariat ne le gênait pas. Il considérait ce raccourci nominatif finalement pratique. Tout le monde voulait lui parler pour avoir le plaisir de l'appeler « Max », ce qui lui permettait d'être informé de toutes les affaires significatives atterrissant sur place, d'autant que le commissaire Bordier... enfin passons...

- Oui, sale temps... dit donc une affaire sans doute pour toi ce matin.... on nous a signalés dès hier soir la disparition du patron d'une agence immobilière du Havre... son épouse vient de nous rappeler pour confirmer qu'il n'était toujours pas rentré. Elle semblait morte d'inquiétude...

- Bien, Bordier est informé ?

- Oui… il t'attend d'ailleurs à ce sujet

Quelques minutes plus tard, l'inspecteur Genevois se retrouvait assis dans le bureau de Pierre Bordier, le commissaire de police du Havre, un homme d'une soixantaine d'années, bedonnant, pince-sans-rire et revenu de tout n'aspirant plus qu'à prendre sa retraite en ayant à traiter le moins d'affaires emm… possibles.

- Voilà Max, Charles a dû déjà te renseigner. On a un petit patron qui s'est volatilisé hier soir. Son épouse nous fait une crise de nerfs. Je l'ai eue au téléphone et je lui ai promis que je lui envoyais quelqu'un dans l'heure… Tu vois ce que je veux dire ?

Un quart d'heure plus tard, dans le quartier chic du Havre, boulevard Foch, l'inspecteur Genevois sonnait à l'interphone d'une belle résidence fleurie et moderne. Il se retrouvait rapidement en face d'une jeune femme d'une trentaine d'années, sûrement une jolie brunette en temps ordinaire mais, en cet instant, fatiguée de la probable nuit blanche qu'elle venait de passer.

- Bonjour madame… Vous êtes bien madame Blanvin ?… madame Émilie Blanvin ?

- Oui, c'est moi, entrez, je vous en prie…

- Je suis l'inspecteur Genevois. Vous nous avez contactés dès hier soir suite à la disparition de votre mari, c'est bien cela ?

- Oui, je suis folle d'inquiétude, atterrée même... j'ai eu ce matin l'agence immobilière dont s'occupe mon époux et eux non plus, depuis hier, n'ont strictement aucune nouvelle...

- Bien... que vous ont dit précisément ses collaborateurs ?

- En fait, je n'ai eu que son adjoint, monsieur du Plessis.

- Il m'a dit que mon époux devait faire visiter hier en fin d'après-midi trois appartements sur Étretat à un certain Jean Tavernier, mais que depuis 17 heures, son portable ne répondait plus... Je ne sais même pas sûre s'il se soit rendu à Étretat...

- Je reconnais que c'est inquiétant... connaissiez-vous personnellement ce monsieur Tavernier ?

- Moi ?... non, naturellement. Il faudra que vous alliez à l'agence pour en savoir plus... »

- Bien, je verrai ça... pouvez-vous s'il vous plaît me donner une photographie récente de votre époux ?...

- Le mieux est que je vous transfère une photo de lui prise à l'occasion de son anniversaire qui a eu lieu dimanche dernier ici même

- Un anniversaire ? Intéressant cela... pouvez-vous me transmettre une photo où l'on peut voir tous les convives de cette petite fête ?

- Vous ne pensez tout de même pas...

- Ah... madame, à cette heure, je ne pense pas grand-chose, je récolte toutes les infos possibles, c'est tout... d'ailleurs à ce sujet, j'ai une question délicate à vous poser

- Oui, dites-moi...

- Étiez-vous un couple heureux en ménage ? Pas de bisbilles majeures entre vous, un événement qui pourrait expliquer une soudaine disparition ?

- Oh, non, non, vraiment pas, nous sommes un couple sans histoire... c'est pourquoi je suis si inquiète... Il travaille beaucoup, mais c'est la première fois qu'il découche... c'est également la première fois que personne ne peut le joindre sur son portable... Il est d'habitude très bavard, c'est pourquoi je sais que tout ceci n'est pas normal et que quelque chose a dû lui arriver... Je suis véritablement angoissée... notre fils ne va pas comprendre...

À l'issue de ce premier entretien Genevois quitta madame Blanvin d'un air perplexe. Commencer une enquête pour disparition inquiétante dès maintenant, oui... pourquoi pas... bien que cela lui semblait un peu prématuré. Normalement l'adjoint de Blanvin devrait pouvoir lui communiquer davantage d'éléments. Il apprécierait mieux la situation après l'avoir interrogé...

- Monsieur du Plessis je présume ?

- Oui, entrez monsieur l'inspecteur, madame Blanvin m'a prévenu de votre visite

Genevois pénétra dans le hall d'entrée de l'agence. Le lieu était convivial et feutré… de la moquette partout, des reproductions de lithographies de peintres modernes, un éclairage doux et chaud. Trois autres personnes travaillaient dans l'agence, penchées sur leur PC et l'air soucieuses… Elles aussi, visiblement, étaient informées de la brutale et inexplicable disparition du patron.

L'inspecteur Genevois prit monsieur du Plessis à part et lança la conversation. Puis rapidement les deux hommes s'enfermèrent dans le bureau du second de Blanvin.

- Voyons, monsieur du Plessis, connaissiez-vous l'emploi du temps précis de monsieur Blanvin dans la journée d'hier ?

- Oui, naturellement, le matin, nous avons eu une réunion interne pour faire le point des affaires en cours, notamment celles sur lesquelles nous rencontrons actuellement quelques difficultés de recouvrement. En début d'après-midi, vers 13h30, il a fait visiter un local commercial à un client potentiel sur Le Havre, puis vers 15 heures, il est parti en voiture à Étretat pour présenter trois

« deux pièces » à un client de Paris venu tout exprès pour cela… un certain Jean Tavernier

- Que savez-vous précisément de ce monsieur Tavernier ?

- C'est bien là problème, monsieur l'inspecteur, on ne sait strictement rien de cet homme. Il a téléphoné à l'agence il y a trois ou quatre jours en demandant expressément monsieur Blanvin. Il s'est présenté alors comme un Parisien aisé qui désirait acquérir rapidement un pied-à-terre à Étretat. Du moins, c'est ce que m'en a rapporté monsieur Blanvin

- Vous ne l'avez donc pas vu, et personne ici ne peut le décrire physiquement ?

- Non, venant de Paris, il a dit également à monsieur Blanvin qu'il prendrait le jeudi 24 une chambre à Étretat pour repartir sur Paris le lendemain, c'est-à-dire aujourd'hui…

À ces mots, l'inspecteur Genevois empoigna son portable et joignit l'un de ses collèges, un certain Pierre-Alain Romblet

- Pierre, vite, tu téléphones à tous les hôtels d'Étretat et tu leur demandes si quelqu'un venant de Paris a pris une chambre hier pour une nuit, également si cette personne s'appelle Jean Tavernier mais ce n'est pas essentiel… s'il est encore à l'hôtel ou s'il est déjà reparti… et dépêche toi, c'est très important… (…)

Si tu le localises quelque part, tu préviens la gendarmerie d'Étretat pour qu'elle aille le retenir là où il se trouve en attendant qu'on vienne l'interroger (…) oui, c'est cela et fais vite…

Genevois revint alors vers du Plessis et continua ses demandes de précisions.

- Bien, monsieur du Plessis, vous souvenez-vous de quelque chose d'autre concernant ce rendez-vous, une info qui pourrait nous orienter ?...

- Oui, je crois que j'ai quelque chose d'intéressant pour vous. En partant sur Étretat, monsieur Blanvin m'a lancé une phrase selon laquelle il se voyait bien faire le grand jeu à son client en l'emmenant en haut d'une des falaises…

De nouveau, cette information fit réagir l'inspecteur Genevois. Il reprit son portable et appela un second collègue, au commissariat, Florent Roland.

- Florent, c'est Max, dans le cadre de la disparition de l'agent immobilier (…) oui, c'est cela, tu téléphones aux gendarmes d'Étretat qu'ils aillent voir si un corps ne flotte pas aux pieds des falaises ou dans le coin (…) oui, oui, grosse suspicion de chute involontaire ou de crime.

Cette fois-ci, dès que cette communication fut terminée, le policier tapota son portable dans le creux de sa main et resta pensif quelques instants. Il regarda son interlocuteur et reprit

- Bien, je vous remercie, monsieur du Plessis. Plus rien à me dire à ce stade ?

- Non, désolé, je ne vois plus rien…

L'inspecteur Genevois quitta alors l'agence non sans avoir noté le numéro de portable de monsieur Blanvin.

Dans la rue et à tout hasard il le composa, mais personne ne lui répondit. En examinant la nature du numéro, il estima que son opérateur devait être « Free » et qu'il ferait vérifier auprès de ce dernier quels numéros avaient été composés et reçus par monsieur Blanvin au cours des quinze derniers jours. En quittant les lieux, et en ouvrant son parapluie, il pensa « oui… c'est effectivement une disparition très inquiétante… »

3) Un suspect fantomatique

Comme l'inspecteur Genevois l'avait pressenti, surtout en cette période de l'année, aucun Parisien n'avait réservé de chambre dans les quelques hôtels du coin restés ouverts. Non plus qu'aucun homme se dénommant Tavernier n'avait réservé une nuitée à Étretat.

On avait même regardé du côté des meublés, sans succès également. À un moment donné, Genevois s'était même posé la question de l'existence réelle de cet homme mystère, mais deux faits l'avaient convaincu de sa réalité.

D'abord, on avait épluché les communications téléphoniques de Blanvin et on avait trouvé trace d'un échange curieux s'étant déroulé six jours avant le rendez-vous du 24 novembre.

Quelqu'un l'avait bien joint sur son portable à partir d'une simple cabine publique, installée à Maniquerville, une commune située entre Fécamp et Étretat Quelqu'un qui avait anticipé que la police s'intéresserait aux derniers échanges téléphoniques passés entre Blanvin et ses correspondants dont aucun, au passage, n'était parisien.

Ensuite, la police du Havre s'était rendue à Étretat, là où se situaient les appartements susceptibles d'intéresser ce pseudo acheteur en quête de calme normand. Cette recherche ne s'était pas révélée totalement infructueuse.

Dans l'immeuble où se situait l'un des biens à vendre, une dame, résidant sur place, avait croisé devant l'ascenseur Blanvin et son client. Elle se souvenait parfaitement du premier nommé car celui-ci parlait haut et fort en riant à gorge déployée. Les policiers lui avaient montré la photo de Blanvin et elle s'était montrée catégorique, c'était bien lui !

- Et l'autre, comment était-il ? s'empressèrent d'ajouter les collègues de Genevois. Mais hélas, la dame en question se montra bien moins précise tant elle s'était focalisée sur Blanvin

- Un homme grossier et hâbleur, messieurs les policiers... parfaitement...

- Oui, bien sûr... mais l'autre, souvenez-vous madame, c'est très important ?

- L'autre ? voyons... voyons... il m'a semblé plus petit... un homme râblé au visage inexpressif, habillé de façon quelconque... vous savez, je ne les ai vus que très peu de temps en les croisant au moment où ils allaient prendre l'ascenseur...

Par acquit de conscience les policiers montrèrent la photo anniversaire de Blanvin aux gérants et clients des cafés aux alentours des trois appartements visités mais cette quête fut infructueuse. Personne ne se souvenait avoir vu un tel quidam.

Le résultat des recherches fut donc plutôt mince sauf que désormais on était sûr que ce monsieur « Tavernier » existait bien.

En outre et cette fois-ci sans réelle surprise, les gendarmes avaient bien retrouvé dans l'après-midi du vendredi 26 le corps assez abîmé de Blanvin. La mer l'avait rejeté après qu'il eut rebondi sur l'une des parois de la falaise d'Amont. Bien qu'en mauvais état le fait qu'il ait peu séjourné dans l'eau rendait possible l'identification du macchabée.

À la morgue du Havre, après que l'on eut un peu amélioré l'aspect général de Blanvin, on avait fait venir son épouse pour l'identification du corps. Après de nombreuses hésitations, le préposé qui avait attendu l'assentiment de l'épouse avait soulevé le drap sur un signe de tête de celle-ci. Émilie Blanvin avait aussitôt détourné le visage avant d'éclater en sanglots.

Un geste criminel était probablement à l'origine de la mort de Julien Blanvin. La Police du Havre se devait d'ouvrir une « enquête préliminaire » sous l'égide du commissaire Bordier, de ses inspecteurs et surtout du procureur de la République, un certain Jean-Charles Frankel…

Après avoir laissé passer une bonne semaine pour permettre à la famille d'organiser les obsèques de monsieur Blanvin, l'inspecteur Genevois avait donc ouvert son enquête. Celle-ci s'avérait à priori difficile car finalement que savait la police ? Pas grand-chose… On n'était même pas sûr que ce Tavernier avait poussé Blanvin dans le vide. C'était le plus probable puisque l'homme de Maniquerville avait disparu et qu'il s'était évertué depuis à se rendre anonyme, mais finalement un petit doute subsistait. L'accident restait encore du domaine du possible…

Après avoir pris rendez-vous avec la jeune veuve le lundi 12 décembre, l'inspecteur Genevois se présenta au domicile d'Émilie Blanvin.

- Bonjour madame, permettez-moi encore de vous renouveler mes sincères condoléances pour la perte tragique de votre époux

- Je vous remercie monsieur… Avez-vous trouvé quelque chose qui permettrait d'expliquer une telle tragédie ?

- Non c'est encore un peu tôt, mais vous savez on est tenace dans la police. Pour une affaire comme celle-là on ne lésinera pas sur les moyens ni sur le temps…

(Puis marquant un temps d'arrêt) j'aimerais si vous le voulez bien revenir sur la photo de groupe que vous m'aviez donnée il y a quelques jours, une photo prise à l'occasion de l'anniversaire de votre mari je crois me souvenir ?... (Madame Blanvin acquiesça de la tête).

- Pouvez-vous me présenter chacune des personnes visibles sur la photo en dehors de vous-même, de votre époux et des deux enfants ?

- Si vous voulez... vous pouvez voir là nos parents respectifs, ici ma sœur aînée, madame Céline Marciniak, et enfin sur le côté cinq personnes extérieures invitées par mon époux. Des invités que je connais moins bien mis à part monsieur du Plessis qui est l'adjoint de mon époux

- Connaissez-vous les noms de ces personnes extérieures ?

- La plupart, oui, il y a là monsieur Laurent Venturi qui est adjoint au maire de la ville du Havre, en charge du logement je crois. Monsieur Stéphane Crémois, qui est le responsable local de l'une des agences bancaires du Crédit Maritime de l'Ouest, Monsieur Nicolas Manchin qui est le gérant d'une autre agence immobilière au Havre, je crois que mon mari et lui s'échangeaient parfois leurs clientèles quand ça les arrangeait.

Quant à la dernière personne visible, mon époux me l'a présenté, mais honnêtement, je ne m'en souviens plus, peut-être quelqu'un qui travaille également dans l'immobilier… En tous les cas, nous étions bien quinze personnes, ce dimanche-là, treize adultes et les deux enfants. La personne qui a pris cette photo est l'une de mes amies personnelles, madame Versois.

Après avoir consigné dans un carnet les informations ainsi recueillies, Genevois ajouta

- Pouvez-vous me donner les numéros de téléphone de vos parents respectifs, de votre sœur et de votre amie, madame Versois ?

Madame Blanvin fit l'étonnée

- Est-ce bien nécessaire, monsieur l'inspecteur, vous ne croyez tout de même pas que ce drame soit d'origine familiale ?

- Comme je vous l'ai déjà dit lors de notre premier entretien, je ne crois pas en grand-chose actuellement sinon que j'ai besoin de récupérer le maximum d'informations. À ce jour, je n'ai strictement rien, pas de coupable, pas de mobile, et un suspect fantôme… Il faut donc bien commencer par quelque chose. Ne prenez aucune de mes demandes comme intrusive ou inappropriée. C'est seulement la routine du métier…

- Ah bien… excusez-moi inspecteur…

Après avoir obtenu les numéros demandés, l'inspecteur Genevois repassa au bureau, fit au commissaire Bordier un bref compte-rendu de son entretien avec la veuve et donna ses directives à ses deux collègues, les inspecteurs adjoints Romblet et Roland.

Il leur demanda de se mettre en relation avec les parents du couple Blanvin, de voir également la sœur et l'amie. Tout ce petit monde était invité à faire une déposition séparée au commissariat à propos du dimanche 20 novembre, date anniversaire de Blanvin. Via son portable, Genevois transmis alors à ses collègues la photo de groupe, en leur précisant laquelle des personnes madame Blanvin ne connaissait pas vraiment.

Quant à Genevois il se réservait le travail d'aller rendre visite de nouveau à l'adjoint de Blanvin et aux dénommés Venturi, Crémois et Manchin. Il y avait donc du grain à moudre pour tout le monde.

4) Faux-semblants

La semaine allant du 12 au 20 décembre 2016 fut occupée à recevoir au commissariat certains des proches de la journée anniversaire qui s'était déroulée il y a un mois.

Les dépositions des parents d'Émilie – Monsieur et madame Grandin - furent sans grand intérêt. Ils habitaient Rouen et voyaient, finalement, assez peu leur fille. Savaient-ils si le couple s'entendait bien ? À leur connaissance, oui…

Le mari leur semblait un peu hâbleur et « m'as-tu-vu », mais permettait aussi de mettre leur fille Émilie à l'abri du besoin, et puis le petit Jonathan était là. Normalement, il devait être la garantie d'une union durable.

La déposition des parents de Julien Blanvin fut nettement moins consensuelle. Pour la mère notamment, leur bru ne leur semblait pas très « franche du collier ».

- En fait, et pour tout vous dire, je ne l'ai jamais vraiment aimée… une mijaurée qui joue les petites filles, mais dont on ne sait jamais ce qu'elle pense vraiment…

La déposition du père de Julien Blanvin fut cependant plus positive,

- Une bru malgré toute gentille, douce et maternelle…

Sans surprise et suite à ces deux dépositions contradictoires, les parents de la victime repartirent en ayant une petite altercation à propos de la personnalité de leur belle-fille.

La sœur aînée d'Émilie Blanvin déposa également dans le cours de la semaine du 19 décembre. Elle était bien moins jolie que sa sœur cadette. Le fameux jour anniversaire de Blanvin, monsieur Olivier Marciniak, son époux n'avait pu se déplacer en raison d'un tour de reins tenace qui le clouait chez lui.

Que pensait Céline Marciniak du couple Blanvin ? Elle non plus n'avait pas été très tendre envers lui.

Julien ? Un « beauf » tout simplement, un arriviste prêt à tout pour vendre n'importe quoi à des gens trop naïfs. Cela dit, elle lui reconnaissait d'avoir des résultats, mais à quel prix ! Quand elle le comparait à son mari qui était informaticien, elle enrageait que ce parvenu de Blanvin ait fini par gagner bien plus d'argent que lui.

Peut-être que « ceci expliquait cela » notèrent les policiers au passage en consignant cette première partie de déposition.

Quant à savoir ce que pensait Céline Marciniak de sa sœur, elle commença par une phrase bien connue de la police « Je préfère ne rien dire… » le tout assorti d'une moue significative…

Mais comme naturellement les collègues de Genevois lui demandèrent de bien vouloir préciser sa pensée, madame Marciniak ne se le fit pas dire deux fois

- Écoutez, je connais bien Émilie quand même, c'est ma sœur, on la croit gentille comme ça, mais en réalité c'est une vraie garce. Je serai très surprise qu'elle n'ait pas fait cocu cet imbécile de Blanvin…

- Vous avez des éléments concrets à nous donner à ce sujet, madame Marciniak ?

- Non… objectivement non… mais je le sens, j'en suis quasiment certaine. Le gamin est en primaire. Elle a du temps le matin et l'après-midi et son beauf de mari n'est jamais là… en général, c'est suffisant pour certaines femmes, vous ne croyez pas ?...

- Connaissiez-vous son amie Aurélie Versois ?

- Ah… celle-là… une fausse évaporée qui doit faire ses coups en douce… je ne sais pas ce qu'elles traficotent toutes les deux dans le dos du cocu de service mais ça n'a pas l'air bien beau…

Les policiers ne commentèrent naturellement pas tous ces propos, finalement assez graves compte-tenu du contexte.

Puis ce fut justement au tour d'Aurélie Versois de donner son point de vue. Sans surprise, elle se montra particulièrement bienveillante envers Émilie Blanvin.

- Une très bonne amie et une gentille jeune femme qui jouait son rôle de maîtresse de maison et d'épouse de façon parfaite…

À la question de savoir si elle trouvait que le couple était resté très amoureux madame Versois confirma que cela lui semblait évident pour monsieur Blanvin mais que c'était devenu un peu moins net pour Émilie.

- Les années passent… cela dit je n'ai jamais tenu la chandelle… avait-elle rajouté…

Lors de chacune de ces dépositions, on montra à l'ensemble des personnes interrogées la photographie des convives du 20 novembre et on leur demanda si elles connaissaient qui était ce monsieur non identifié par Émilie Blanvin. Seule, Aurélie Versoit put enfin mettre un nom sur ce convive inconnu.

Il s'appelait Cédric Virlant ou Verlant et était un agent commercial d'une société, sise au Havre, qui vendait des bateaux.

Cet homme et Julien Blanvin étaient, depuis près d'un mois, en pourparlers pour l'achat d'un puissant bateau à moteur, un « hors-bord ». Deux « vendeurs » qui se tiraient la bourre, l'un pour baisser le prix final de la transaction, l'autre pour maintenir sa marge. Finalement, deux « requins » de la même espèce…

Sans sympathiser particulièrement avec cet homme, madame Versois s'était rapprochée de lui car elle ne pouvait quand même pas coller Émilie toute l'après-midi et le courant ne passait vraiment pas avec sa sœur aînée, qu'elle jugeait vraiment trop mauvaise langue.

C'est donc uniquement pour se donner une contenance que madame Versois avait abordé cet homme assez vulgaire qui parlait pour deux, un bavard impénitent ayant une opinion sur tout… un commercial classique finalement ressemblant à tous les gens de son espèce…

5) Chers amis…

Pendant que ses collègues recevaient les dépositions contrastées des proches d'Émilie, l'inspecteur Genevois avait rendu visite aux autres convives présents lors de l'anniversaire de Blanvin. Il savait pertinemment que partir de cette photo pour tenter d'y voir plus clair dans cette affaire scabreuse présentait un caractère assez aléatoire. Mais comme il l'avait précisé à l'épouse du disparu, il fallait bien débuter par quelque chose.

Il commença par l'adjoint au maire, en charge du logement, monsieur Laurent Venturi, un homme qui boitait bas. L'entrevue fut cordiale mais finalement assez brève. Blanvin et Venturi se connaissaient car la mairie faisait parfois appel à des agences immobilières pour leur demander quels biens, à usage commercial ou non, étaient nouvellement mis en vente. Ceci dans le but, par exemple, de vérifier si la mairie avait intérêt à préempter ceux-ci.

Monsieur Venturi, qui semblait être un homme de bonne volonté, rajoutant « Vous savez, je suis venu une seconde fois à son anniversaire parce qu'il a insisté. Je ne voulais pas qu'on se mette à dos un gars pouvant dénigrer l'équipe municipale auprès de ses clients, mais je ne fus pas dupe. Il m'a fait venir pour frimer devant les autres… il y a des gens comme ça… »

Genevois avait continué sa quête en se rendant dans la plus grosse agence du Crédit Maritime de l'Ouest. Il y avait rencontré le responsable local, un certain Stéphane Crémois. Là encore, Genevois comprit rapidement que ce dernier n'était pas un véritable ami de Blanvin mais une personne qui pouvait servir leurs intérêts communs.

L'agence immobilière de Blanvin avait pris de l'importance ces dernières années du fait notamment que ce dernier était parvenu à bien vendre quelques belles propriétés dans la région. Cela s'était su et nombre de propriétaires s'étaient alors rapprochés de lui soit pour vendre leur bien, soit pour le mettre en location saisonnière ou non.

Dès lors, l'argent allant à l'argent, Blanvin avait eu recours à la banque en septembre 2015 pour boucler le financement d'un appartement acquis sur Trouville. Le 20 novembre dernier, ce qui avait réuni les deux hommes chez Blanvin était la perspective d'un nouveau prêt significatif, d'environ cinquante mille euros, pour acheter dès que possible le gros bateau à moteur visé !

En clair, les deux hommes profitaient de chaque occasion pour discuter taux d'intérêt et durée du futur prêt.

Ils avaient d'ailleurs passé une petite partie de l'après-midi de l'anniversaire de Blanvin à se taquiner là-dessus, jusqu'à finir par lasser même ceux qui faisaient semblants de les écouter.

Le troisième invité de Blanvin que Genevois rencontra était le responsable commercial de la société des « Bateaux Andrieu », le fameux Cédric Verlant qui avait tant saoulé madame Versois. Lui aussi, naturellement, avait participé lors de l'anniversaire aux discussions portant sur l'achat du bateau guigné par Blanvin.

Bientôt, tout le monde comprit que la petite fête familiale donnée par ce dernier s'était progressivement transformée en une réunion d'intérêts particuliers. Un moment où chacun jouait son rôle, le tout en picorant dans les assiettes, en tenant son verre et en riant faussement aux éclats pour la moindre bêtise avancée par l'un ou l'autre des convives.

En interrogeant ce Verlant, et en se souvenant des précédentes visites faites auprès de messieurs Venturi et Crémois, l'inspecteur Genevois ressentit un bref instant combien tout ceci semblait un peu vain. Certes, ce jour-là Blanvin avait rassemblé certaines personnes pour des motifs bien précis n'ayant rien à voir avec l'objet principal de sa fête familiale mais quel rapport pouvait-il faire avec l'objet de son enquête ?

Cependant, uniquement, par acquit de conscience, Genevois demanda à chacune de ces trois personnes, en s'excusant presque, quel avait été leur emploi du temps dans l'après-midi du 24 novembre dernier. Tous avaient pu produire de solides alibis, ne serait-ce que parce qu'ils avaient à portée de main soit leurs agendas personnels, soit leurs secrétaires qui avaient pu lever le moindre doute à ce sujet. Tavernier restait donc une énigme…

Genevois avait volontairement gardé les dernières visites qu'il s'était programmées pour interroger les deux agents immobiliers conviés à la fête familiale de Blanvin. Le premier s'appelait Nicolas Manchin et le second était l'adjoint de Blanvin - David du Plessis - qu'il avait déjà vu le lendemain de la chute mortelle de son patron.

Il commença par Nicolas Manchin, en charge de l'agence « Immo – Normandie » un réseau indépendant assez actif dans la région. En le voyant pour la première fois, Genevois eut un petit picotement dans le nez, un signe chez lui qui signifiait que quelque chose lui déplaisait. De fait, ce Manchin n'entraînait pas de prime abord la sympathie. Assez laid, frisoté, la bouche épaisse, les yeux bleus délavés enfoncés dans leur orbite, il avait de surcroît une petite voix mielleuse que Genevois trouva rapidement assez pénible.

Au fil de leur conversation, il nota cependant chacune des informations que lui communiquait Manchin.

Par exemple, ce dernier était persuadé que son second - du Plessis – aurait voulu même du vivant de Blanvin devenir le patron de l'agence. À la question orientée de Genevois lui demandant comment du Plessis comptait s'y prendre, Manchin rajouta qu'il ne serait pas surpris que ce dernier devienne le nouveau gérant de l'agence des Blanvin

- C'est un ambitieux… cela se voit et s'entend… avait-il rajouté.

À la question de savoir pourquoi Blanvin et lui s'échangeaient un certain nombre de données, Manchin en minimisa l'importance. Il avait même précisé

- Nous étions assez intelligents pour comprendre que face aux réseaux traditionnels il était de notre intérêt de ne pas se tirer dans les pattes et même de s'entr'aider. D'ailleurs, tout ceci concernait à peine 5 à 6 % de nos affaires

En même temps qu'il demanda à Manchin de préciser son emploi du temps dans la journée du 24 novembre – ce qu'il fit sans la moindre difficulté – Genevois lui demanda de façon assez abrupte s'il pensait que madame Blanvin trompait son mari.

En retour, Manchin qui ne sembla pas surpris de la question, lui fit une réponse à son image, ambiguë et mielleuse

- Si madame Blanvin trompe son mari ? Elle est jolie n'est-ce pas et ne travaille pas. De plus, son mari n'était pas souvent à la maison. Si vous voulez le fond de ma pensée, je pense que c'est loin d'être improbable, mais naturellement si c'est le cas, je ne sais vraiment pas quel est l'heureux élu… peut-être du Plessis mais pas moi en tous cas…

Immédiatement, Genevois qui à la différence de Manchin était bel homme pensa « Rassure-toi, j'en suis persuadé… » Pour finir, l'inspecteur lui posa une dernière salve de question ayant trait à la mort brutale de Blanvin « Qu'en pensez-vous ? Avait-il des ennemis ? Connaissez-vous un dénommé Tavernier ? Blanvin vous en avait-il parlé ? »

En retour, Manchin n'apporta finalement que peu d'éléments nouveaux dans cette sombre affaire

- Tavernier ? Inconnu au bataillon ! Ce que j'en pense ? Cette chute reste pour moi très surprenante. Blanvin avait déjà pas mal réussi et devenait de plus en plus ambitieux… Il est donc totalement exclu qu'il se soit suicidé… Ou alors il y aurait une partie de sa vie privée que personne ne connaîtrait, moi le premier…

- Des dettes de jeu ? avança Genevois

- Pourquoi pas, mais d'après moi, il se consacrait entièrement à son métier… je crois qu'il voulait éblouir son épouse, car au fond il devait avoir peur qu'elle le quitte un jour…

- Avait-il des ennemis ?

- Bien sûr qu'il en avait, monsieur l'inspecteur, à commencer par moi… professionnellement parlant naturellement. On se tirait de bonnes bourres tous les deux, je vous le garantis… Quant à des inimitiés non professionnelles, je ne lui en connaissais pas, monsieur l'inspecteur, désolé… ou alors peut-être monsieur Venturi qui le regardait parfois de travers…

En partant, l'inspecteur Genevois se surprit à modifier légèrement son impression première à propos de ce Manchin « un homme finalement pas si désagréable. On s'habitue à sa laideur… et il n'a pas cherché à trop charger les autres… un bon point pour lui…»

La dernière personne qu'il rencontra – le second de Blanvin - était celle qui commençait à l'intéresser au plus haut point. Il avait déjà vu ce du Plessis le lendemain de la disparition de Blanvin. Il l'avait donc déjà jaugé physiquement. Et lui, à la différence de Manchin, était vraiment un beau garçon, plus jeune que son patron, d'allure sportive et de présentation sympathique.

Un homme qui pouvait intéresser n'importe quelle femme à la recherche d'une aventure ou de quelque chose de plus sérieux. Genevois avait dès lors de nombreuses questions à lui poser.

Il se rendit à l'agence de Blanvin, en ayant la ferme intention que certains points obscurs finissent par s'éclairer.

Par exemple, quel statut nouveau cette disparition devait entraîner chez lui et d'une façon générale.

- Pour l'instant, aucun, monsieur l'inspecteur. J'étais le salarié de monsieur Blanvin, je deviens celui de madame Blanvin…

- Expliquez-vous ?

- Cette affaire est juridiquement une SARL au capital de cinquante mille euros. La société s'est créée à l'origine avec quatre associés dont monsieur Blanvin – le gérant - était l'associé majoritaire.

Il a apporté trente mille euros à sa création, il y a six ans, je crois. Son épouse a mis dix mille euros dans l'affaire et chacun des deux parents de monsieur Blanvin, cinq mille euros chacun »

- Qui va devenir le nouveau gérant de cette société ?

- C'est trop tôt pour le dire. Il faut que les associés restants se réunissent en AG pour dire vers quoi ils veulent aller, une continuation de l'affaire ou une dissolution de la société…

- Et vous, quel est votre souhait ?

- Continuer bien sûr. Je suis même prêt à mettre dix mille euros dans l'affaire et à en devenir le nouveau gérant. Ce serait à la fois le plus simple et le plus logique

- Qu'est-ce qui empêcherait que cela se fasse ?

- Madame Blanvin et moi attendons la décision des parents de son époux, qui réfléchissent paraît-il sur ce qu'ils veulent faire de leurs parts, mais nous n'attendrons pas des siècles…

- Bien… passons à un autre sujet, monsieur du Plessis, plus délicat celui-là… Depuis que nous avons commencé cette enquête, je ne vous cacherai pas qu'il m'est revenu aux oreilles deux types de confidence

- Diable… je vous écoute…»

- D'une part, que vous êtes un garçon dynamique et ambitieux et c'est tout à votre honneur et d'autre part que nombre de personnes pensent que madame Blanvin tromperait son mari…»

Du Plessis coupa Genevois

- N'allez pas plus loin, si je comprends bien, vous m'accusez déjà, à demi-mot, d'être l'instigateur de ce crime.

J'aurais poussé dans le vide monsieur Blanvin pour récupérer l'épouse et l'affaire. Est-ce cela que vous pensez ?

- En tous cas, c'est la question que je vous pose aujourd'hui ?

- J'ignore si madame Blanvin a un amant ou non mais concernant nos relations personnelles, quand je la vois, ce qui n'est pas si fréquent, je vous dirais qu'effectivement j'ai un penchant pour elle, mais je ne sais pas s'il est réciproque.

- Reconnaissez que la disparition de Blanvin n'est pas faîte pour vous déplaire ?

- Certes, ce drame devient une opportunité pour moi, je ne le cache pas. Mais je vous répéterai ce que je vous ai déjà dit le 25 du mois dernier. J'étais au Havre toute l'après-midi de ce tragique événement et je peux facilement le justifier. Je ne suis donc ni l'assassin de monsieur Blanvin ni l'instigateur d'un quelconque guet-apens

- A ce stade de l'enquête, je vous concède que vous n'êtes pas celui qui a poussé monsieur Blanvin mais pour l'instant c'est bien tout ce que je vous accorde…

- Il faudra quand même que vous prouviez ce que vous laissez entendre monsieur l'inspecteur !… est-ce tout ?

- Non pas... J'ai d'autres questions... par exemple, est-ce qu'à votre connaissance monsieur Blanvin avait des ennemis dans sa profession ou même en dehors d'elle ?

- C'est une question très délicate, monsieur l'inspecteur... Agent immobilier n'est pas une activité de tout repos. Il faut se battre contre tout le monde, la législation qui change fréquemment, la concurrence qui est féroce et nombreuse en bord de mer, les locataires qui ne paient pas leurs charges ou leurs loyers, les propriétaires qui nous tournent en bourrique...

Bref, on peut se faire quelques ennemis mais de là à pousser Blanvin dans le vide, c'est difficile à imaginer quand même. Fallait-il que l'auteur de cet acte en veuille vraiment à Blanvin...

- Quelles relations entretenait-il avec Manchin ?

- Pas très bonnes ces derniers temps... c'est un collègue mais un concurrent également et Manchin est un vrai renard qui fait parfois des coups tordus. Mais pourquoi aurait-il éliminé Blanvin ?

- Pour récupérer sa clientèle par exemple... »

- C'est un peu hasardeux... notre clientèle peut s'avérer volatile et il devait bien se douter que l'on n'arrêterait pas comme ça le fonctionnement de l'agence du Havre, ni d'ailleurs notre antenne à Fécamp... d'autant que sans me vanter je pense pouvoir faire aussi bien, sinon mieux que monsieur Blanvin

- Bien, cette fois-ci je n'ai plus de questions, du moins pour l'instant... Au revoir monsieur du Plessis et restez naturellement dans le coin

- Ça tombe bien, c'est là où se situe notre clientèle...

En rentrant au commissariat, Genevois passa voir Bordier pour le tenir informé du résultat de ses investigations et des dépositions consignées par Romblet et Roland.

- Alors, Max, où en est-on de cette affaire d'acrobate ?

- Ça avance doucement, patron. Ils ont tous un alibi solide le jour où Blanvin a fait son vol plané. Mais j'ai un début de piste avec l'adjoint de Blanvin qui visiblement va faire coup double, reprendre l'affaire et peut-être même sa nénette. Il faut d'ailleurs que je cuisine un peu Émilie jolie à ce sujet

- Oui, un double mobile, ça tient la route. Restera quand même à le prouver l'artiste... »

- C'est ce que m'a dit du Plessis... mais tu me connais, Pierre, j'y mettrai le temps mais je trouverai...

6) Faux-fuyants

Quelques semaines plus tôt, en cette maussade journée du 28 octobre 2016, monsieur Jean-Pierre Descombres roulait à tombeau ouvert dans son antique camionnette Peugeot datant d'un temps que même la marque voudrait oublier. Il revenait d'un rendez-vous qui s'était mal passé. Son client refusait la hausse du devis qu'il lui avait proposé, une hausse qui lui semblait pourtant légitime.

« Toujours pareil avec ces radins de propriétaires, ils en veulent toujours plus mais refusent d'y mettre le prix… » pensait-il en pestant dans son for intérieur.

Il roulait vite également car il était très en retard pour son prochain rendez-vous, celui programmé à 19h00. Son portable sonna. Il le prit et savait déjà qui l'appelait, son dernier client qui naturellement s'impatientait de son retard excessif d'une demi-heure déjà. « J'arrive monsieur Rogue, j'arrive… Je suis chez vous dans moins de dix minutes… »

Nous étions dans la partie de la ville la plus ancienne, celle constituée d'un entrelacs de rues étroites et assez mal éclairées.

Au détour de l'une d'entre elles, un garçonnet d'une dizaine d'années déboucha subitement en empruntant le passage piéton.

Descombres le vit au dernier moment freina fort mais il roulait bien trop vite. La collision était inévitable. Le corps de l'enfant fut projeté à trois ou quatre mètres. L'enfant n'avait même pas crié et resta inerte devant les phares de la camionnette.

En une fraction de seconde, Descombres analysa sa situation. S'arrêter pour porter secours à cet enfant qui gisait inerte. C'était le geste le plus élémentaire à faire. Il eut d'ailleurs une envie irrépressible de le faire, mais sa situation personnelle était, en ce jour, très compliquée voire dramatique.

Il regarda à droite et à gauche. Personne pour l'instant ne l'avait vu, semble-t-il « si je m'arrête maintenant, ma vie est foutue… » pensa-t-il. Cette dernière considération prit le pas sur tout le reste. Il démarra en trombe, tourna à gauche pour s'éloigner de ce drame, de cette catastrophe personnelle, de ce quelque chose qu'il devrait désormais effacer de sa vie… à tout jamais…

En se rendant malgré tout vers son ultime client de la journée, Descombres, le cœur battant, essayait de se rassurer à bon compte « peut-être que ce petit n'est pas mort… j'ai quand même bien freiné… putain… quel manque de bol… je suis maudit, ce n'est pas possible… ».

Après avoir visité son dernier client en essayant de faire bonne figure, Descombres rentra chez lui et s'affala dans son fauteuil, la mine renfrognée en spéculant sur ses chances que ce drame s'efface de sa vie à tout jamais.

Il habitait un petit pavillon à l'entrée de Fécamp, mais il vivait seul. Son épouse l'avait quitté il y a un peu plus de deux ans. Trop d'engueulades, de frustrations, de petites choses négatives dans le couple qui avait dépéri un peu plus tous les jours. Son affaire de peinture et de ravalement de façades ne marchait plus très bien non plus.

Alors qu'au plus fort de son activité, il y a une dizaine d'années, il avait eu jusqu'à trois ouvriers qui lui avaient permis de tenir son rang dans la profession, ce temps était désormais révolu. La concurrence s'était renforcée, ses prestations étaient jugées moyennes sans plus et il avait sans doute un peu trop forcé sur certains devis.

Il avait d'ailleurs une excuse. Son épouse, petite employée à la mairie de la ville, considérait qu'arrivée à la cinquantaine, elle méritait mieux que la vie morne et sans attraits que lui proposait son mari, toujours absent et taciturne le soir quand il se retrouvait assis dans son fauteuil, à ne pas décrocher un mot, à regarder la télé sans la voir.

Un jour, un petit cadre de la mairie, d'un certain âge déjà, trouva madame Descombres à son goût, lui fit une cour discrète et devint son amant. Madame Descombres étant toutefois une « honnête femme » elle préféra quitter son raté de mari plutôt qu'entretenir une « relation coupable ».

Cela lui fut d'autant plus facile que le seul enfant du couple, un garçon, qui avait désormais vingt-deux ans, s'était engagé dans la Marine quatre ans auparavant. Il louait un studio à Brest quand il n'était pas en mer, à environ cinq cents kilomètres de Fécamp par la route. C'est dire que ses parents ne le voyaient pratiquement plus, d'autant qu'eux-mêmes étaient en instance de divorce.

Pendant deux à trois jours, monsieur Descombres vécut dans la hantise de recevoir un coup de téléphone de la police ou de qui que ce soient d'autres. Il avait fini par s'auto-persuader que quelqu'un l'avait vu ou qu'une personne avait relevé son numéro d'immatriculation. Chaque heure qui passait sans nouvelles de ce drame au lieu de le rassurer le plongeait dans une angoisse croissante.

D'autant que des coups de fil, il en avait quand même reçu deux, des clients potentiels pour des travaux d'ailleurs de faible envergure. Il avait dit oui, machinalement, en ne se souvenant même plus de la teneur de ces conversations qu'il avait volontairement écourtées.

Dès le surlendemain du drame, le 30 octobre, il avait bien lu, sous la rubrique des faits divers du « courrier cauchois », qu'un enfant avait été renversé par un chauffard dans la soirée du 28. Un enfant se débattant aujourd'hui entre la vie et la mort.

Malgré tout, en lisant ces lignes, Descombres s'était senti légèrement soulagé « peut-être qu'il va finalement s'en sortir... » s'était-il même dit tout bas. Cela dit, la police n'avait pas manqué de communiquer aux lecteurs du journal qu'elle attendait qu'un témoin de cet accident se fasse connaître pour tenter d'arrêter le chauffard en fuite.

Une semaine après le drame, soit le mercredi 2 novembre 2016, personne ne s'était manifesté à propos de cet accident. Descombres ne savait pas si l'enfant avait été sauvé, mais pour rien au monde il aurait interrogé le journal à ce sujet. « Peut-être que je vais finalement m'en tirer pensa-t-il... peut-être... »

7) Une histoire de morale

Ce fut le lendemain 3 novembre que Descombres reçut son premier mail particulier. Un client du nom de Jean Valjean lui écrivait sur sa boîte mail professionnelle. Descombres n'étant ni familier de Victor Hugo ni un ancien lecteur des « Misérables », le nom du signataire du mail ne le fit pas plus tiquer que cela.

Un client potentiel ? de quoi s'agit-il ? Le message était assez long. Il le lut mentalement...

« *Bonjour, monsieur Descombres. Je sais que vous exercez la profession de peintre en bâtiments, que vous habitez 5 rue Fourcroy à Fécamp, que vous êtes propriétaire d'une vieille camionnette Peugeot immatriculée – 2825 BL 76 – et que vous vivez seul.*

Je sais également que dans la soirée du 28 octobre dernier, vous avez renversé un garçonnet avec votre camionnette. Pour votre gouverne, je vous informe que ce pauvre garçon est mort des suites de ses blessures. Vous êtes donc l'assassin d'un enfant et vous êtes également un fuyard puisque vous n'avez pas cherché à le secourir.

J'étais présent au moment du drame et j'ai filmé la scène avec mon portable.

Je vous invite à cliquer sur le fichier joint pour que vous puissiez constater de visu combien votre cas est accablant. Pour l'instant, à part vous-même quand vous regarderez ce film, personne n'en connaît la teneur et personne ne le verra jamais si vous faites précisément ce que je vous demande.

Je ne suis pas un maître chanteur. Je suis une personne qui veut se débarrasser d'un être particulièrement malfaisant et je compte sur vous pour le faire à ma place. Si vous acceptez de faire ce travail, vous n'entendrez plus jamais parler de moi et je détruirai ce film.

Pour vous débarrasser de cet homme, vous n'aurez besoin ni de revolver, ni de poison, ni de quoi que ce soit de dur ou de contendant. Je vous expliquerai simplement comment faire et quelle est la personne concernée quand par retour de mail vous m'aurez donné votre accord de principe.

Si vous acceptez ma proposition, répondez positivement à ce mail. Je vous laisse trois jours pour réfléchir. Passé ce délai, je transmettrai anonymement le film à la police. Ne cherchez pas à savoir qui est derrière ce mail. Ma boîte est indécelable.

J'espère pour vous que vous ferez le bon choix. Jean Valjean »

Monsieur Descombres lut et relut ce mail au moins une demi-douzaine de fois.

Il visionna également trois fois de suite le film de sa fuite. Cela ne durait qu'une trentaine de secondes, mais c'était effectivement accablant. Cela commençait au moment où sa camionnette était arrêtée après son coup de frein. Puis la caméra allait de l'enfant gisant sur le sol au visage hébété de Descombres, restant cramponné à son volant.

Ensuite, on voyait ce dernier tourner à gauche, l'enseigne de sa société apparaissant très clairement sur le côté gauche du véhicule. Pour finir, la caméra anonyme filmait avec précision la plaque arrière de la camionnette…

Si ce film se retrouvait entre les mains de la police, puis de la justice, il en avait au minimum pour cinq ans. Seul, sans boulot et endetté, mis au ban de la société, sa vie était finie… La clochardisation était le terminus de cette existence ratée.

En quelques minutes, il comprit l'état exact de sa situation. « Ce n'est pas la peine que je me raconte d'histoires. C'est l'ultime espoir que j'ai de m'en sortir. Je peux presque me dire que j'ai de la chance d'être tombé sur un gars ayant un compte à régler avec quelqu'un. Un salaud probablement. Ayant même soudainement peur que son correspondant ne change d'avis, s'il ne répondait pas rapidement, Descombres se dépêcha d'envoyer sa réponse « *C'est ok, j'attends vos instructions...* »

Une journée se passa à l'issue de laquelle Descombres reçut un nouveau mail qu'il lut dans un mélange d'angoisse, de curiosité et de fatalisme. Depuis la lecture du message d'hier, il sentait également qu'il avait du mal à rassembler ses idées. Une certaine sinistrose le gagnait également lui donnant le sentiment curieux qu'il se dédoublait, que les gestes du quotidien n'étaient plus de son fait, mais de ceux d'un autre. Lentement, après s'être assis, il lut le long message suivant.

« Bonjour monsieur Descombres,

Je vois que vous avez pris la bonne décision. L'homme que vous devrez éliminer, très précisément le jeudi 24 novembre en soirée, s'appelle Julien Blanvin. C'est un agent immobilier, gérant d'une grande agence indépendante du Havre du nom d'Albâtre Immo.

Pour l'éliminer sans laisser la moindre trace de cette opération, vous procéderez de la façon suivante.

Le vendredi 18 novembre, vous l'appellerez d'une cabine publique d'une commune différente de Fécamp, ceci pour que la Police ne puisse pas vous identifier par votre portable.

Vous pourrez le joindre lui-même au numéro suivant 06-xx-xx-xx-xx.

Au téléphone, vous lui direz que vous êtes un Parisien pressé et aisé, du nom de Jean Tavernier, qui veut acheter sur Étretat un deux-pièces très précisément.

Cet agent immobilier possède trois mandats sur ce type d'appartement. Vous lui préciserez également que vous êtes contraint par la date du 24 novembre et que vous souhaiteriez vivement profiter de cette recherche pour visiter la falaise d'Amont.

Il acceptera d'être votre guide, soyez-en sûr. Concernant l'après-midi, donnez-lui rendez-vous assez tard à Étretat, vers 17 heures par exemple devant l'immeuble du premier appartement à visiter. Il faudra que votre escapade vers la falaise se fasse tardivement, après 20 heures pour que le risque qu'il y ait d'autres touristes soit quasi nul.

Le soir, une fois en haut, vous passerez derrière la barrière de sécurité, tout en restant en retrait de l'à-pic naturellement, en remerciant monsieur Blanvin de l'avoir conduit jusqu'en haut du site. Vous lui direz alors que vous êtes dépressif, que vous voulez mettre fin à vos jours et que vous n'avez pas eu le courage de le faire jusqu'à présent.

Mais au dernier moment vous lui direz que vous avez trop peur. Normalement, monsieur Blanvin passera lui-même derrière la barrière pour tenter de vous récupérer. Il vous proposera sa main. C'est là que par une violente poussée latérale, vous le ferez basculer dans le vide. Puis vous repartirez chez vous avec votre véhicule car naturellement vous ne descendrez nulle part sur Étretat ou ailleurs. Votre total anonymat sera le gage que la police ne pourra jamais vous identifier. Pas de Tavernier, pas de Parisien, pas de numéro de portable, pas de mobile, pas de certitude d'ailleurs que Julien Blanvin ne soit pas tombé tout seul.

Voilà mes directives monsieur Descombres. Elles sont claires et non négociables. J'attends un retour de mail pour que vous me confirmiez votre accord.

Si en haut de la falaise, d'autres touristes venaient à vous côtoyer, l'opération sera annulée naturellement. Mais attention, ce soir-là 24 novembre, à partir de 20 heures, je serai posté moi-même à quelques centaines de mètres de l'endroit où doit se dérouler l'opération. Je dispose de puissantes jumelles de l'armée. Je serai donc à même de vérifier si vous serez seuls tous les deux ou non.

Merci de m'accuser réception de ce mail et de me confirmer que vous en suivrez strictement toutes mes directives. Jean Valjean »

Après avoir lu ce mail, Descombres pensa « bon dieu, quelle affaire… finissons-en… »

« *Bonjour monsieur, j'ai bien pris note de ce qu'il fallait que je fasse pour éliminer ce monsieur Blanvin.. A priori, je suis d'accord pour le faire, mais un point reste à clarifier. Qu'est-ce qui me garantira que vous n'allez pas transmettre le film à la police une fois l'affaire faite ?...* »

Descombres reçut une réponse rapide

« *En théorie, rien, effectivement ne vous garantit que je ne sois pas régulier. Mais je vous conjure de croire que, je ne suis ni un voyou ni un maître chanteur. J'ai regardé à qui j'avais à faire et j'ai compris que vous étiez un brave homme qui tire le diable par la queue et qui a paniqué le jour de l'accident. Vous trahir ne m'intéresse vraiment pas. Ce que je vous demande de faire constitue d'ailleurs, en réalité, une bonne action pour la société. Blanvin est un être nuisible et personne ne le regrettera. Soyez courageux, monsieur Descombres, prenez ce risque calculé et votre vie pourra reprendre son cours normal.…*

Merci de me donner votre accord définitif par retour de mail… »

Ce que fit monsieur Descombres. Avait-il le choix d'ailleurs ? Il savait bien que non. Il renvoya son dernier mail.

« C'est entendu, monsieur… je serai à Étretat le 24 novembre prochain… »

8) Le tour de la question

Le mercredi 4 janvier 2017, l'inspecteur Genevois entra frileusement dans les locaux du commissariat. Dehors, c'était un vrai temps d'hiver glacé et venteux. Depuis que la nouvelle année avait été fêtée à domicile et dans les locaux de la police, il était d'humeur maussade. Son enquête concernant le dossier Blanvin n'avançait pas beaucoup. Pourtant lui et ses collègues avaient commencé à chercher dans les recoins de la vie passée de certains des acteurs principaux de cette affaire.

« Si tant est qu'ils en soient les acteurs principaux… » se disait-il en relisant les comptes-rendus concernant celles des personnes qui avaient fait l'objet d'investigations plus poussées.

Genevois les avait classés en trois groupes. Le groupe des suspects majeurs dans lequel figuraient sans surprise du Plessis, madame Blanvin et Manchin. Le groupe des suspects possibles dans lequel figuraient le couple Marciniak et Aurélie Versois, cette dernière en raison d'un point particulier.

Enfin le groupe des suspects « à la marge » dans lequel figuraient Venturi, Crémois et Verlant.

Les investigations faites sur tout ce petit monde avaient quand même permis d'en savoir un peu plus sur chacun.

Du Plessis, par exemple, apparaissait vraiment comme le coupable idéal. 33 ans, ayant fait de solides études de droit, à la différence de Blanvin, qui n'avait qu'un Bac économique et social, il avait d'abord commencé par travailler chez un avocat d'affaires. Mais il était parti au bout de deux ans pour s'être opposé au principal collaborateur de l'avocat, qu'il voulait déjà supplanter aux yeux de ce dernier.

Puis il avait été embauché comme juriste dans un cabinet d'expertise comptable. Il y était resté environ trois ans avant de quitter son poste, estimant selon son patron de l'époque qu'il végétait et que ce cabinet « ronronnait » trop à son goût. S'en était suivi une période sensible pour lui où il ne trouvait rien à sa convenance. Quatre mois de chômage ponctuèrent ce moment difficile.

C'est à cette époque, en mars 2013, qu'il accepta de seconder Blanvin, qui cherchait un juriste de formation, pour étoffer les diverses compétences de son agence. À la différence de ses premières expériences, du Plessis séduisit rapidement son patron. Très vite, et selon l'entourage de l'agence, il montra des qualités de célérité, de précision et de savoir-faire…

Après six mois de présence, Blanvin en fit son second dans l'agence, tant du Plessis avait assimilé rapidement les ficelles du métier.

Convaincre par exemple le client vendeur que le juste prix de cession de son bien est forcément celui pour lequel l'agence détient déjà deux ou trois clients potentiels. Rapidement leur devise commune fut pour les biens de qualité normale de vendre vite, plutôt que de vendre bien… »

Genevois comprit donc pourquoi du Plessis ne se sentait pas écrasé à l'idée de reprendre l'affaire. Tôt ou tard, si ce n'était déjà fait, les deux hommes se seraient heurtés, car Blanvin restait un patron imbu de lui-même et probablement encore plus ambitieux que du Plessis. Bref, sous des poignées de main et des sourires entendus, c'était déjà à qui utilisait l'autre…

Dans ces conditions la disparition accidentelle ou non de Blanvin était une véritable aubaine pour du Plessis. Une aubaine d'autant plus que visiblement ce dernier lui avait menti quand il lui avait dit qu'il éprouvait un penchant pour madame Blanvin.

« Tu parles d'un penchant. Ils couchent ensemble depuis au moins deux mois… »

Genevois relisait à ce moment-là, les principaux passages du procès-verbal de l'entretien qu'il avait eu lui-même avec l'épouse de Blanvin le 27 décembre dernier au commissariat.

- Venons-en si vous voulez bien à vos relations avec monsieur du Plessis…

- Je vous écoute monsieur l'inspecteur

- Madame Blanvin, je ne vais pas tergiverser. Êtes-vous sa maîtresse ?

- Oui…

Après un léger temps d'arrêt tant cet aveu cash de madame Blanvin l'avait quand même surpris, Genevois avait poursuivi

- Et depuis quand s'il vous plait ?

- Disons deux mois concernant des relations vraiment intimes. Un peu plus si on compte la période de flirt…

- Et vous « flirtiez » depuis quand tant qu'on y est ?

- Je dirais quatre mois…

- Votre mari ignorait cette liaison, j'imagine ?

- Naturellement… Nous étions très prudents…

- Excusez-moi de vous demander cela, mais comment faisiez-vous pour que cela reste discret ?

- Cela se passait le jeudi après-midi, chez lui. Entre 14h et 15h30. David était censé prospecter de nouveaux clients dans ce laps de temps. Pour ne pas éveiller les soupçons de mon mari, il travaillait très tard ce jour-là, fréquemment jusqu'après 20 heures…

- J'imagine que vous n'avez plus besoin de vous cacher désormais ?

- Ne croyez pas cela. Tant que ses parents ne nous ont pas fait connaître leur décision concernant leur souhait de quitter ou de rester associés dans la société, nous restons discrets. Je vous demanderais d'ailleurs de le rester vous-même…

- Cette situation va durer jusqu'à quand ?

- Jusqu'à la fin du mois de janvier qui est la date butoir légale. Une assemblée doit se tenir le 25 janvier prochain à quatre pour statuer du sort de la SARL actuelle.

- Avez-vous conscience que la disparition de votre mari, que l'aveu de votre liaison avec monsieur du Plessis et le fait qu'il va reprendre l'affaire sont de nature à le rendre grandement suspect dans l'affaire qui nous intéresse ?

- C'est lui-même qui m'a conseillé de vous dire la vérité à notre sujet. Il est parti de l'idée que nous n'avons rien à nous reprocher concernant la chute mortelle de mon mari et que nous n'avons plus à cacher nos sentiments l'un pour l'autre.

Un point de vue que je partage. Personne ne connaît ce monsieur Tavernier. D'après David c'est un fou qui s'en est pris à mon mari. C'est vrai que cet événement incroyable nous est favorable, mais David ne demande qu'une chose : que vous retrouviez le coupable...

En reposant le procès-verbal de cet interrogatoire, Genevois resta pensif quelques instants. Vers 19h le soir du crime, du Plessis était encore à son bureau du Havre. Il ne pouvait l'avoir commis lui-même. Avait-il fait appel à un homme de main ? Pourquoi pas... mais c'est toujours délicat de se retrouver en position de faiblesse vis-à-vis d'un tiers. De plus, son parcours précédent ne l'a pas conduit à avoir de mauvaises fréquentations. Si c'est lui le commanditaire, ça va être coton de le coincer...

Genevois continua de lire les comptes-rendus à sa disposition. Il prit la fiche de Nicolas Manchin qu'il avait établi lui-même. Lui il avait la tête de l'emploi. Un différend entre les deux hommes pouvait, peut-être, expliquer ce crime probable. Une dette par exemple que Manchin ne pouvait honorer ? ou une info gênante que possédait Blanvin sur Manchin, mettant ce dernier en position permanente de faiblesse.

Sa fiche ne racontait cependant pas grand-chose d'exploitable.

C'était un homme qui sans surprise s'était fait tout seul, qui avait fait mille boulots avant de réunir assez de moyens pour créer sa propre agence...

Des débuts difficiles certes, mais qu'il avait réussi à surmonter en se spécialisant sur l'achat-vente de studios, nombreux dans la région. On notait également des ennuis, une année, avec le fisc mais il avait régularisé...

Lui non plus ne pouvait avoir poussé Blanvin dans le vide. Ce soir-là, il était à Fécamp. Il avait rendez-vous, avec son ex petite amie avec qui il avait eu un garçon quelques années auparavant. Une sombre histoire de pension alimentaire qu'il contestait car non marié, mais le juge en avait décidé autrement... le rendez-vous s'était passé avec témoin...

Genevois continuait de feuilleter les fiches des personnes se situant dans la mouvance privée de Blanvin.

« Aurélie Versois » Ah oui, la copine d'Émilie... qu'est-ce qu'il avait déjà lu à son propos. Toutes les deux avaient la trentaine dépassée mais Aurélie, une bibliothécaire de la ville, ne s'était jamais mariée. « Pourtant, elle a un joli minois... » pensa Genevois... oui mais voilà, cette jeune femme serait lesbienne.

Elle aurait même milité dans un club local du Havre pour les droits des personnes dites LGBT[2]. Aurait-elle, d'une façon ou d'une autre, rendu service à sa copine Émilie ? Entretenait-elle des relations intimes avec cette dernière ? Ni l'une, ni l'autre n'avait abordé ce sujet naturellement. Tout ceci paraissait quand même assez peu plausible...

Genevois continuait de feuilleter les fiches du dossier. Le couple Marciniak ? Voilà un sujet à priori plus intéressant. C'est Genevois lui-même qui les avait interrogés la veille dans son bureau du Havre.

La femme - Céline - travaillait comme secrétaire d'une entreprise locale de transport de matériels loués à l'occasion de manifestations sportives, sociales ou culturelles. Elle approchait les 40 ans et comme l'avait déjà montré sa première déposition, c'était une personne qui ne mâchait pas ses mots. La prudence verbale n'était pas son fort.

Le couple habitait Fécamp, à l'ombre de la préfecture du Havre. Genevois avait cherché à discerner dans l'interrogatoire d'hier quels auraient pu être les profonds motifs permettant d'expliquer la commandite d'un tel meurtre.

Dans ce couple et sans surprise c'était la femme qui menait les débats.

---

[2] Lesbiennes, Gays, Bisexuels et Transgenres

Lui était analyste-programmeur dans une société de services. Il était loin d'être stupide mais il n'avait pas la volonté de s'opposer à son rouleau compresseur d'épouse.

Le 24 novembre en soirée ils étaient chez eux à Fécamp. Dans l'après-midi, madame Marciniak était restée à son bureau. Son époux en revanche s'était absenté en milieu d'après-midi car il disait encore souffrir des séquelles de son mal de dos.

Pourquoi dans ces conditions ne pas penser que l'époux Marciniak et ce mystérieux Tavernier ne feraient qu'une seule et même personne ? Ceci expliquerait aussi pourquoi monsieur Marciniak n'était pas venu le jour anniversaire de Blanvin. Il ne voulait peut-être pas passer une après-midi entière en compagnie de sa future victime.

Mais tout ceci était-il vraiment crédible ? Par définition, monsieur Blanvin connaissait l'époux de la sœur de son épouse. Il faudrait imaginer que monsieur Marciniak aurait demandé à Blanvin de lui conserver son anonymat pour rechercher tranquillement un appartement dans le dos de son épouse par exemple. C'était tordu comme supposition… tordu et risqué ! Si Blanvin vendait la mèche à un tiers avant la visite, Marciniak aurait été confondu rapidement…

En revanche, la première déposition de madame Marciniak avait montré combien celle-ci jalousait sa sœur et méprisait son beau-frère.

Genevois avait orienté ses questions de telle sorte qu'il puisse apprécier si ces ressentiments venaient de loin ou si tout cela ne relevait que de la simple médisance, liée à une jalousie banale intra familiale.

Après l'audition du couple, son impression générale resta plutôt mitigée. L'épouse était incontestablement une femme aigrie qui était jalouse, à l'évidence, à la fois de la beauté de sa jeune sœur et des différences de réussite des deux couples. Mais la médisance lui était naturelle. Une tournure d'esprit qui voulait que quels que soient les arguments objectifs contraires, quand elle n'aimait pas quelqu'un ou quelque chose, il fallait qu'elle le fasse savoir et si possible plutôt méchamment.

Avait-elle pu ourdir, avec ou sans l'aide de son mari, un plan machiavélique pour que quelqu'un fasse basculer Blanvin dans le vide ? Genevois ne parvenait pas à le croire vraiment. Disons que pour l'instant, a minima, il lui faudrait trouver quelque chose de vraiment tangible lui permettant de penser que cette mort était le résultat d'un complot familial !

Genevois continua de lire les fiches de travail mises à jour par les inspecteurs Romblet et Roland.

Il commença par Laurent Venturi, l'adjoint au maire, qu'en tant que simple citoyen havrais, Genevois ne connaissait pas particulièrement.

« Alors, qu'est-ce qu'on a trouvé sur celui-là ? » tout en compulsant la fiche. Il lut dans sa tête.

« Laurent Venturi, 52 ans, politiquement à droite. Agent d'assurances. Il possède un cabinet au Havre et travaille au sein du réseau national des AGF. N'a jamais eu d'ennuis ni avec la police ni avec la justice. Célibataire endurci, il habite un bel appartement au centre-ville du Havre. Engagé dans la politique locale depuis dix ans.

C'est le maire actuel qui l'a mis sur sa liste. Ils se sont connus au club de tennis de la ville et ont sympathisé ayant le même niveau de jeu. Ne joue plus au tennis depuis un accident de la route qui lui a coûté trois semaines d'hôpital en mai 2014. Casier judiciaire vierge. A noter quand même qu'il se fait appeler « Venturi » alors que son vrai nom à l'état civil est « Lentiri »

Concernant ce changement d'identité pas de raison particulière ne figurait sur la fiche. Genevois pensa immédiatement « Tiens, c'est curieux... pourquoi ce changement ? je lui demanderai à l'occasion... »

Genevois passa à la fiche suivante. Elle concernait le dénommé Stéphane Crémois, le représentant au Havre du Crédit Maritime de l'Ouest. Sans espoir particulier, il la lut « Stéphane Crémois, 39 ans. Marié, trois enfants. Entré à la banque il y a une dizaine d'années. Possède une maîtrise en Droit des affaires. A travaillé quelques années auparavant au Crédit Lyonnais. Il vit en appartement au Havre. Pas d'antécédents judiciaires connus. Seulement trois contraventions de stationnement depuis son installation au Havre, il y a huit ans ». C'était tout concernant Crémois. Genevois grogna « qu'est-ce que je peux bien f... avec des fiches pareilles ? il y en a donc pas un qui se singularise d'une façon ou d'une autre ?... »

Il prit la dernière fiche, celle concernant Cédric Verlant, l'agent en pourparlers avec Blanvin pour l'achat du bateau à moteur.

Il lut son CV « Cédric Verlant, 36 ans, célibataire sans enfant, locataire dans un immeuble en périphérie du Havre. A fait de vagues études commerciales dans une boîte privée. A travaillé comme camelot dans une grande enseigne de produits alimentaires. Après une assez longue période de chômage, s'est retrouvé vendeur de voitures. C'est dans ces circonstances que son bagout a séduit l'un des dirigeants des « Bateaux Andrieu ».

Ils l'ont testé, en CDD pendant un an, qu'ils ont transformé en CDI depuis deux ans.

N'a jamais eu d'ennuis avec la police, ni la justice. En revanche, semble addict à toutes formes de jeux de grattage, de paris en ligne et de courses hippiques. Chaque mois, une bonne partie de son salaire y passe... »

Genevois reposa la fiche de Verlant et pensa rapidement à ce qu'il pouvait en tirer : « un commercial classique, beau parleur, pas mal de sa personne même s'il commence à se déplumer un peu. Joueur peut être compulsif...Ne pouvait toutefois pas s'être fait passer pour Tavernier puisque Blanvin le connaissait. Et quel mobile aurait eu ce Verlant pour faire assassiner son futur acheteur de bateau ? Même si ce dernier semblait moins clean que Venturi et Crémois, cette piste était à priori faiblarde pour ne pas dire sans issue »

Genevois continua ses pensées « Bien... On a désormais fait le tour de la question... Si rien ne vient m'aider, je devrai probablement refermer cette enquête... Depuis que du Plessis et madame Blanvin m'ont avoué leur liaison, j'ai désormais les coupables potentiels mais strictement aucune preuve... Sans l'identification de ce Tavernier, mon enquête est dans une impasse totale... Je vais aller boire une bière, ça me changera les idées... » »

9) Le nœud de l'espoir

Vendredi 13 janvier 2017 en début d'après-midi dans les locaux du commissariat du Havre. À l'instant précis où l'inspecteur Genevois fit son entrée, le planton Charles Derblain l'interpella.

- Max… Max… on a identifié ton Tavernier…
- Bon dieu… qui c'est ?
- Un dénommé Jean-Pierre Descombres. Un gars qui habite Fécamp. Mais va voir Bordier. Il t'attend. Il est fébrile…

À grandes enjambées, Genevois se rendit au bureau du commissaire et entra en coup de vent, excité à l'idée d'entendre des choses qui ne pouvaient que relancer son enquête.

- Bonjour patron, alors on a retrouvé ce Tavernier ?
- Oui, mais je te calme tout de suite. On l'a bien retrouvé mais… mort !
- M… on l'a tué !
- Non, il s'est suicidé hier après-midi chez lui. Il s'est pendu…

- Qui l'a trouvé ?

- La police de Fécamp qui nous a téléphoné il y a une demi-heure. Ils ont reçu une lettre, datée d'hier 12 janvier, que je vais te lire car on a reçu la même ce matin. Le pendu a écrit aux deux commissariats

- Vas-y… lis moi ça à voix haute…

À l'attention de la Police de Fécamp et du Havre

Je m'appelle Jean-Pierre Descombres et je suis la personne qui le 24 novembre 2016 a poussé monsieur Blanvin du haut de la falaise d'Amont vers 21 heures. Je ne le connaissais pas mais j'ai dû commettre ce crime car un mois plus tôt, le 28 octobre j'avais écrasé avec ma camionnette dans les rues de Fécamp un garçonnet et je m'étais enfui sans le secourir. Quelqu'un avait filmé la scène et m'a fait chanter. J'ai accepté de tuer monsieur Blanvin pour cette seule raison.

Aujourd'hui, je suis au bout du rouleau. Mon entreprise de peinture va être bientôt déclarée en faillite, mon épouse vient d'obtenir le divorce. Je ne vois plus mon fils qui est marin et qui de toute façon ne m'a jamais aimé. Je suis désormais un homme seul et désespéré avec deux crimes sur la conscience, aussi atroces l'un que l'autre.

Pour vous donner une idée de ma solitude, si je ne vous écrivais pas aujourd'hui, personne ne décrocherait mon corps.

Je n'ai donc plus rien à faire sur terre. C'est ce que j'avais d'ailleurs déjà dit à monsieur Blanvin du haut de la falaise. Mais cette fois-ci, je ne louperai pas le grand saut. D'avance merci de prévenir mon ex-épouse qui travaille à la mairie de Fécamp

Jean-Pierre Descombres

PS : Je vous laisse sur la table de ma salle à manger le dossier des mails échangés avec mon maître chanteur qui se fait appeler Jean Valjean. Je vous ai également indiqué le mot de passe de ma boîte d'emails. J'espère, en mémoire du gosse, que vous retrouverez celui qui m'a détruit complétement.

Après la lecture de cette confession posthume, le premier des deux policiers qui prit la parole fut le commissaire Bordier

- T'es relancé, Max. Par le biais des échanges de mails, tu vas retrouver celui qui lui a écrit…

- Peut-être… espérons… mais je reste circonspect. La personne qui lui a envoyé cela a dû prendre certaines précautions. Mais enfin, on va vérifier tout cela et surtout, dès maintenant, je cours chez ce malheureux pour examiner l'échange de mails et fouiller sa maison. Téléphone au commissariat de Fécamp et dis leur de ne toucher à rien. Cette enquête est la nôtre. J'espère qu'ils y mettront du leur…

- Je connais bien Yves Renaudeau. Ils seront trop contents de ne pas s'emm…avec une affaire pareille.

- Je te tiens au courant… À ce soir…

L'inspecteur Genevois prit son véhicule de service et en compagnie de son adjoint Pierre-Yves Romblet se rendit directement au pavillon de feu Jean-Pierre Descombres.

Une petite heure plus tard, Genevois et son collègue étaient sur place.

Quand ils pénétrèrent dans le modeste pavillon de Descombres désormais gardé par un agent en faction, ils retrouvèrent deux collègues de Fécamp. Après les salutations d'usage, une conversation s'engagea entre eux. C'est Genevois qui entama celle-ci

- Ça s'est passé où ?

- Dans la salle à manger. La pièce est haute. Juste en dessous d'un faux plafond il y a une poutre porteuse libre qui traverse la pièce en hauteur…

- Son ancienne épouse et son fils sont prévenus ?

- On a déjà fait le nécessaire…

- Vous avez retrouvé les échanges de mail.

- Oui, tenez, ils sont là… (Genevois les récupéra sans les lire).

De toute façon, il a laissé son code secret. Sa boîte mail est en cours d'examen mais on a déjà retrouvé les mails en question…

- Vous avez des infos sur cette histoire de garçonnet qu'il aurait percuté ?

- Oui… On n'avait pas classé l'affaire car quelques personnes s'étaient précipitées suite à son coup de frein qui a fait un boucan du diable. On a eu une demi-douzaine de dépositions. Mais il n'y en a pas une qui disait la même chose et comme personne n'avait relevé la plaque… À leur décharge, Descombres est reparti en trombe et il faisait déjà nuit…

- Bien… Vous savez pourquoi je suis là ?

- Oui, on nous l'a dit. Vous êtes en train de rechercher le meurtrier d'un agent immobilier poussé dans le vide à Étretat… eh bien, vous l'avez trouvé semble-t-il !

- (Genevois en souriant) Le problème s'est juste déplacé. Il va falloir que l'on trouve désormais celui ou celle qui tire les ficelles et qui a utilisé Descombres…

- Des pistes ?

- Oui et non. Oui, car j'ai quelques mobiles plausibles. Non, car je n'ai pas le début du commencement d'une preuve…

- Peut-être que la fouille de la maison de Descombres donnera quelque chose…

- Ecoutez collègue, monsieur Belin je crois (l'autre acquiesça), je compte vraiment sur vous pour que vous me fassiez un compte-rendu précis de ce que vous pourrez trouver ici. Dans cette affaire, tout va compter… et naturellement plus aucune publicité sur l'accident du 28 octobre ni sur ce suicide. Cette discrétion est primordiale dans l'enquête que nous menons depuis quelques semaines au Havre…

- Comptez sur nous…

Genevois prit alors à part Romblet et les deux hommes décortiquèrent les échanges de mails passés entre Descombres et ce « Jean valjean ». Après lecture et conciliabules, Genevois consigna sur son carnet les divers points suivants.

N° 1 : Le commanditaire de cette macabre demande se trouvait à Fécamp le 28 octobre 2016 vers 19h30. Il faudra donc vérifier où se trouvaient précisément nos suspects havrais ce jour-là.

N° 2 : Selon ce qui était écrit, Blanvin serait un salaud, un nuisible. Il faudra donc revisiter le passé exact de Blanvin. Aurait-il commis une injustice auprès de quelqu'un ayant trouvé là l'occasion d'assouvir sa vengeance ?

N°3 : Le commanditaire savait que Blanvin avait trois appartements mis en vente sur Étretat. C'est donc un gars du coin, pas quelqu'un venu de loin. Un point particulier qui mettrait en outre du Plessis et Manchin en première ligne.

N° 4 : « Blanvin acceptera d'être votre guide, soyez-en sûr… » Celui ou celle qui l'a fait tuer semble bien connaître la psychologie bravache de Blanvin. Cette phrase milite également pour que le coupable soit un proche plutôt qu'une personne éloignée de son entourage, un client floué par exemple.

N° 5 : Selon les termes du second mail, le commanditaire du meurtre annonce qu'il ne sera pas bien loin du lieu du crime, qu'il surveillera si Descombres ne se met pas en situation de lui raconter des histoires a posteriori. Cela conduit à vérifier de nouveau les emplois du temps de chacun des protagonistes le soir du 24 novembre, à partir de 20 heures cette fois-ci.

N° 6 : La phrase « Je vous conjure de me croire… » est une expression curieuse car laissant apparaître un certain pathétisme dans la volonté finale du commanditaire. On verrait davantage une femme plutôt qu'un homme employer un tel mot.

Une fois cette liste de conclusions établies, Romblet prit la parole et précisa sa pensée

- Eh bien, Max… tout ceci n'est pas négligeable, d'autant qu'on va quand même chercher si on peut identifier l'adresse d'où sont partis les mails de ce Jean Valjean…

- Oui, oui… Cela dit, pour moi seuls les deux premiers points sont vraiment intéressants. D'abord quel sera l'alibi de chacun le 28 octobre dernier et surtout où étaient-ils ce jour-là, au Havre, ailleurs ou à Fécamp. Ensuite, nos recherches sur le passé de Blanvin. Ça, c'est peut-être une piste très intéressante…

- Le reste n'est quand même pas si négligeable…

- Les appartements d'Étretat à vendre ? Ils apparaissaient sur le site internet de l'agence de Blanvin. Le côté hâbleur de ce dernier ? Il suffisait de l'entendre parler une fois et on était fixé ! Les jumelles militaires qui surveillent les lieux ? probablement du bidon… Celui qui a écrit ça l'a fait pour dissuader Descombres de se dégonfler à la dernière minute. L'expression manquant de fermeté ? Reconnais que c'est un peu spécieux. C'est vrai que cela innocenterait plutôt madame Marciniak, mais c'est une petite maligne. Elle aurait très bien pu écrire « je vous conjure… » à dessein… alors…

10) Gougeons ou silures ?

Dans les jours qui suivirent son passage à Fécamp, chez feu Descombres, l'inspecteur Genevois repartit sur de nouvelles bases. Comme il le pressentait, la perquisition du domicile du pendu n'apporta aucun élément utile à l'enquête. L'examen de l'origine des mails fut également un échec complet. Quant à Descombres, sa vie avait été certes ratée mais sans histoire particulière. Il ne constituait donc dans cette affaire qu'un instrument, un simple bras armé…

En outre, en se suicidant, il éteignait l'action judiciaire qui lui aurait été intentée pour rendre justice à la famille du garçonnet, mort pour avoir été au mauvais endroit, au mauvais moment… Pour la bonne marche de l'enquête en cours, toute publicité sur le suicide de Descombres devait désormais s'estomper complétement…

Avec la bénédiction à la fois du procureur de la république et du commissaire Bordier, Genevois demanda donc à ses deux collègues habituels, Romblet et Roland de tout reprendre à zéro concernant chacun des suspects… des plus lourds aux plus légers.

- Reprendre à zéro ? c'est-à-dire Max ? lui répondirent-ils en chœur.

Genevois qui était habitué aux relatives lenteurs de raisonnement de ses collègues précisa sa pensée.

Il était nécessaire désormais que toutes les personnes de cette affaire se remémorent leurs emplois du temps du mercredi 28 octobre en soirée. Cela signifiait également que les adjoints de Genevois ne devaient pas se contenter de vagues réponses. Il fallait impérativement que tous les suspects « justifient » leurs propos et que des vérifications complètes soient effectuées par les policiers à ce sujet.

Cela signifiait également qu'il incombait à Romblet et Roland de faire une recherche approfondie sur le passé de chacune des personnes concernées. Il semble bien que Blanvin détenait un secret si encombrant qu'un de ses proches ou « amis » a considéré qu'il valait mieux s'en débarrasser.

Ce secret restait à découvrir. Là était sans doute la clé de cette histoire…

En quittant ses collègues qui lui posèrent la question de ce qu'il se réservait pour lui-même, Genevois rajouta « J'ai convoqué les parents de Julien Blanvin et je compte me déplacer sur Rouen pour rencontrer ceux d'Émilie Blanvin.

J'ai le sentiment qu'ils ont eux aussi des choses à nous dire. On se revoit tous dans le bureau de Bordier la semaine prochaine pour faire le point sur ce que nos trois chaluts ont ramassé… des gougeons ou des silures …»

Le mardi 24 janvier 2017 Genevois fut reçu par monsieur et madame Grandin, les parents d'Émilie. Après les salutations d'usage et les premiers propos introductifs, l'inspecteur Genevois rentra assez rapidement dans le vif du sujet… en s'excusant par avance de la brutalité de certains propos dus au fait que désormais on était certain que Julien Blanvin s'était bien fait assassiner.

Rapidement Genevois comprendra que seule madame Grandin parlerait

- Est-ce que votre fille était heureuse avec monsieur Blanvin ?

- Nous imaginons que oui. Notre fille a dépassé la trentaine… il y a une dizaine d'années qu'elle est partie de la maison… depuis nos relations se sont réduites et nous voyons très peu notre petit-fils. D'ailleurs, elle ne nous a jamais proposé de le garder…

- Je vais vous poser la question autrement. Pensez-vous que le couple qu'elle formait avec monsieur Blanvin était solide ?

- Ou voulez-vous en venir monsieur l'inspecteur ? Notre fille était mariée à monsieur Blanvin et la situation matérielle du couple semblait solide.

- Sur ces questions votre fille ne se confiait donc jamais à vous... au téléphone par exemple ?

- Écoutez monsieur, nous n'entretenons que peu de relations avec Émilie hors quelques réunions de famille à l'occasion d'un anniversaire par exemple. Nous avons bien davantage de contacts avec Céline, son aînée. Un problème d'affinités sans doute...

- Pouvez-vous quand même réfléchir à quelque chose qui pourrait s'avérer utile dans cette enquête. Le Havre-Rouen, ça fait une belle trotte et je ne voudrais pas rentrer complétement bredouille...

- C'est vrai que vous avez fait l'effort de venir jusqu'à nous au lieu de nous convoquer au Havre et je vous remercie de cette attention. Je vais donc vous donner deux informations qui, peut-être, vous aideront.

- Je vous écoute madame...

- La première, c'est que l'année dernière, à l'anniversaire précédent de mon gendre, l'adjoint au maire du Havre, monsieur Venturi il me semble, était déjà présent à cette réunion de famille.

- Oui… et alors ?

- Alors à un moment, il y a eu un échange tendu entre mon gendre et lui, sur un sujet que personne n'a très bien compris tant ce fut bref et assez violent. Devant la sidération générale, ils se sont arrêtés tout de suite…

- Et la deuxième info madame Grandin ?

- Je voulais dire un mot sur la copine d'Émilie, cette Aurélie Versois…

- Eh bien… dites moi ?

- Je ne l'ai jamais aimé. Je trouve qu'elle a toujours eu une mauvaise influence sur Émilie. J'ai su par la suite qu'elle était lesbienne, ça ne m'étonne pas… Elle ne fait pas très net cette femme… Elle ne doit pas être étrangère au fait qu'Émilie s'est éloignée de nous

- Je m'excuse d'être abrupt. Pensez-vous qu'Émilie et madame Versois ait pu avoir des relations intimes ?

- Émilie ? Quelle horreur… bien sûr que non… elle a été élevée convenablement, mais il n'empêche que l'influence générale de mademoiselle Versois sur notre fille n'est pas bonne. C'est mon opinion et je crois que mon époux la partage (monsieur Grandin opina de la tête, autant par conviction que pour faire plaisir à son épouse).

- Eh bien, madame monsieur, si vous n'avez plus rien à me dire, je vais vous laisser. Je vous remercie de m'avoir donné ces deux informations. Peut-être qu'à un moment de l'enquête, celles-ci pourront s'avérer utiles... Bonne fin de journée...

C'est à ce moment que monsieur Grandin prit enfin la parole en levant le doigt comme à l'école

- Je m'excuse de vous poser cette question monsieur l'inspecteur mais en préambule vous avez eu l'air de dire que l'on était sûr désormais que mon gendre avait été assassiné. Pouvez-vous nous dire qui est le coupable ?

- Hélas non, monsieur Grandin. Vous ne connaîtrez son nom qu'à la fin de l'enquête car nous cherchons désormais qui a commandité ce crime.

En quittant les parents d'Émilie, et en revenant vers Le Havre, Genevois repensa aux derniers propos tenus par madame Grandin.

« Allons... je ne regrette pas tout à fait mes deux cents bornes aller-retour... »

Le lendemain 25 janvier, Genevois reçut à son bureau monsieur et madame Blanvin. Comme lors de leur première audition, madame Blanvin monopolisa un peu l'interrogatoire. Elle reprit ses propos peu amènes sur sa bru mais cette fois-ci

Genevois lui demanda de préciser sa pensée. Celle-ci enchaîna…

- C'est une parasite. Dans ce couple, c'était mon fils qui s'occupait de tout. Elle n'a pas fait de grandes études. Je crois qu'elle était une toute petite secrétaire dans un cabinet médical lorsque mon fils s'est intéressé à elle.

- Elle lui a fait un petit garçon quand même…

- Beau résultat… cet enfant va grandir sans son père… quel gâchis…

- Savez-vous si dans son entourage votre fils avait des ennemis déclarés ou non ?

- (La mère répondit la première) Julien ? Ce serait surprenant. C'était un homme actif et entreprenant mais correct. Dans le milieu immobilier il y a certes de la concurrence mais je n'ai pas l'impression qu'il se soit fait des ennemis au point de…

- On m'a parlé d'un incident intervenu lors de l'avant-dernier anniversaire de votre fils ?

- Un incident ? De quelle nature ?

- Un accrochage verbal entre votre fils et monsieur Venturi qui était déjà présent lors de cette fête familiale

- Un accrochage ?... Non, je ne me rappelle pas. Jean-Claude, tu te souviens de quelque chose à ce sujet ?

- (Le père prit la parole pour la première et dernière fois). Oui… je revois cet épisode… monsieur Venturi a chuchoté quelque chose à Julien qui n'a pas eu l'air de plaire à notre fils. Celui-ci lui a vertement répondu un truc du genre « Foutez-moi la paix mon vieux… » puis les deux hommes se sont tournés le dos et les conversations reprirent comme si de rien n'était…

- (Genevois reprit la parole) Toute autre chose si vous le voulez bien. Puis-je vous demander si vous avez un avis sur la sœur aînée d'Émilie, sur son époux, Olivier et sur l'amie d'Émilie, la dénommée Aurélie Versois ?

- (Madame Blanvin reprit la parole) Céline ? Elle est comme sa sœur, c'est une vraie vipère… Au moins Émilie est agréable à regarder. Céline avait une façon de toiser Julien qui en disait long sur la jalousie que lui inspiraient les succès professionnels de notre fils.

- Son époux Olivier ? Un garçon effacé, sous la coupe de sa mégère d'épouse. Parfois, au cours de ces réunions familiales, on l'a vu s'énerver sans raison particulière puis de retourner dans une léthargie boudeuse toute l'après-midi.

- Quant à l'amie d'Émilie, je ne sais pas trop quoi vous en dire. C'est le petit « toutou » d'Émilie semble-t-il. Quand cette fille la regarde, elle la boit du regard. C'est une femme curieuse… sous influence on dirait. Julien m'avait dit qu'elle était lesbienne… ça ne m'étonnerait pas… En tous cas, elle a été présente aux deux dernières fêtes de famille et Émilie semble en faire ce qu'elle veut.

- Bien… si vous n'avez plus rien à ajouter, je vous remercie de vos déclarations qui m'aideront à mieux cerner la personnalité de chacun…

- (Madame Blanvin rajouta) Je vous remercie, monsieur Genevois de vous occuper de ce dossier… voyez-vous depuis que notre fils unique est mort, nous sommes désemparés, même si nous nous efforçons de n'en rien laisser paraître (monsieur Blanvin acquiesça en même temps que ses yeux s'embuèrent tandis que madame Blanvin lui prenait la main…). Nous espérons de tout cœur que vous mettrez en prison pour longtemps la personne qui a organisé ce crime ignoble… Je vous en remercie par avance…

- Je comprends votre douleur de parents et je vous promets que la police fera son maximum pour vous rendre justice de la disparition de votre fils.

Une fois le couple Blanvin parti, Genevois resta pensif, réfléchissant aux derniers propos entendus. Ses pensées s'attardèrent sur Laurent Venturi.

« Décidément celui-là est vraiment à revoir. Il y avait bien quelque chose entre lui et Blanvin et il faudra bien qu'on trouve de quoi il s'agit... »

11) Romblet nous dit tout…

Le vendredi 3 février 2017 se déroula la réunion programmée dans le bureau du commissaire Bordier. Les autres inspecteurs concernés par cette enquête spéciale étaient naturellement présents.

Se trouvaient donc réunis en face du commissaire, l'inspecteur Genevois et ses deux adjoints Romblet et Roland. Ce fut Bordier qui introduisit la séance.

- Messieurs, nous sommes réunis ce jour pour faire le point sur tout ce que nous savons des protagonistes de cette affaire. Vous pourrez prendre la parole à chaque fois que l'un d'entre vous le jugera utile. Max étant en charge directe de ce dossier, c'est à lui que je cède la parole en premier.

- Ces derniers jours, Pierre et Florent ont interrogé longuement et à ma demande toutes les personnes concernées par cette affaire. De mon côté, j'ai vu les parents respectifs d'Émilie Blanvin et de son époux. Pierre et Florent m'ont déjà tenu informé de leurs investigations. Leur travail a été remarquable et je tiens déjà à les saluer pour leur persévérance et la pertinence de leurs questions.

A toi Pierre, on t'écoute…

- Merci Max. Avec Florent, on s'est donc partagé les entretiens. Personnellement, j'ai vu Émilie Blanvin le 26 et du Plessis le 27. Puis par la suite Aurélie Versois, le 30 et Nicolas Manchin le 1er février.

- Pour quels résultats ?

- Concernant la soirée du 28 octobre, Émilie Blanvin m'a indiqué qu'elle était probablement chez elle au motif que le soir en semaine, elle est une jeune mère au foyer, toujours très occupée.

- Pourquoi ce terme de probablement ?

- Parce qu'elle n'a aucun souvenir de ce qu'elle faisait, précisément, ce jour-là. Au moins, cela a le mérite de la franchise…

- En clair, elle n'a aucun alibi le 28 octobre… savait-elle si son époux avait des ennemis ?

- Pas à sa connaissance. Elle m'a précisé qu'elle ne s'intéressait pas trop à l'activité de son mari, qu'elle préférait s'occuper de la décoration de son appartement et naturellement de l'éducation de son fils Jonathan. Elle n'a pas fait allusion à David du Plessis.

- A-t-elle des loisirs ?

- Elle semble s'intéresser à la littérature et au théâtre contemporain.

C'est d'ailleurs dans ces circonstances qu'elle a fait connaissance il y a un peu plus de deux ans d'Aurélie Versois qui est l'une des bibliothécaires de la ville. Leur âge commun les a également rapprochées.

- Quelles relations entretenaient-elles vraiment avec sa copine Aurélie Versois ?

- Elle a éludé la question en me faisant une réponse lénifiante du genre « Nous partageons les mêmes goûts en littérature et en matière théâtrale. Nous nous tenons mutuelle compagnie... »

- Ton impression générale à propos de cette femme ?

- Elle est lisse. Rien ne semble l'atteindre...

- Passons à du Plessis... que faisait-il le 28 octobre en soirée ?

- Il s'est montré très ennuyé pour répondre à cette question car il n'a pas travaillé à l'agence ce jour-là, ou plus précisément, après être venu le matin, il n'est pas revenu l'après-midi

- Quelle raison a-t-il donné à cette absence ?

- C'est là que ça devient intéressant... Il n'est pas revenu parce qu'il s'était pris la tête en fin de matinée avec Blanvin...

- Tiens donc… et à quel sujet ?

- Au début, il s'est montré plutôt réticent à m'en parler puis devant mon insistance et le regard incrédule d'un employé sur place, il m'a lâché sa version.

- On peut la connaître ?

- De temps en temps, ils s'opposaient entre eux sur des sujets liés au fonctionnement de l'agence. Cela allait d'une volonté de du Plessis de revoir les attributions de chacun dans l'agence du Havre et l'antenne de Fécamp au souhait de rompre avec Manchin qu'il trouvait malsain…

- C'est-à-dire ?

- Ces derniers temps, Manchin avait laissé entendre qu'il aimerait bien « crever », c'est l'expression qu'a utilisé du Plessis, Blanvin et son agence. Mais selon lui, ce dernier s'entêtait à ne pas modifier ses relations avec son confrère pour de sombres raisons qu'il ignorait vraiment… du moins d'après ce qu'il m'en a dit…

- Bien… je crois qu'il y a autre chose, Pierre ?

- Eh, oui… je vous ai gardé le meilleur pour la fin.

- Fais-en profiter tout le monde…

- Blanvin aurait balancé à du Plessis une phrase du genre « …et arrête de tourner autour de ma femme... si ça continue, je vais te foutre à la porte... »

- Ça n'a pas empêché Blanvin d'inviter du Plessis à son anniversaire quelques jours plus tard ?

- Selon l'intéressé, Blanvin était « soupe au lait » mais très peu rancunier. Son anniversaire était moins l'occasion d'une fête familiale que celle de parler de ses affaires en cours... et c'était de loin le plus important pour lui...

- C'est quand même gonflé de la part de du Plessis d'avouer à la police qu'il s'était « fritté » avec son patron quelques semaines avant la disparition de ce dernier ?

- Bien obligé... cette engueulade entre les deux hommes s'est déroulée en plein milieu de l'agence. Leurs trois collaborateurs – deux femmes et un homme – étaient présents cette matinée-là...

- Qu'a donc fait du Plessis l'après-midi du 28 octobre ?

- Il est reparti chez lui, a pris ses « Nike » et a fait deux heures de footing pour « se laver la tête » comme il m'a dit. Depuis qu'il est le second de l'agence, il l'aurait déjà fait deux ou trois fois...

- Il vit seul ?

- Oui... un appartement au Havre, pas si loin des Blanvin d'ailleurs.

Il a vaguement été fiancé il y a cinq ans de cela mais a finalement préféré privilégier sa carrière professionnelle, et puis maintenant il a Émilie...

- Selon lui, en dehors de Manchin, d'autres personnes s'étaient-elles montrées franchement hostiles à Blanvin ?

- Il m'a simplement confié que dans ce métier, derrière les sourires de façade, derrière les poignées de main amicales, en réalité personne ne pouvait se blairer...

- Ton opinion finale ?

- Franchement Max, je n'en sais rien... j'ai du mal à le voir tramer un tel plan. Mais peut-être que je me plante complétement... tout le monde avance masqué dans cette histoire...

- Passons à la copine d'Émilie. Qu'est-ce qu'elle faisait dans la soirée 28 octobre ?

- Du « tai-chi »... tous les mercredis soir, elle fait sa petite séance de gymnastique énergétique, je la cite naturellement...

- Tu as vérifié ?

- Oui, elle m'a donné sa feuille mensuelle de présence. Elle a bien été à sa séance le mercredi 28 octobre.

- Où ça ?

- Au Havre, au club local...

- Tu l'as interrogée sur Blanvin je crois. Qu'est-ce qu'elle t'en a dit ?

- C'est là que ça devient intéressant. Bien que j'ai eu le sentiment qu'elle se soit efforcée de n'en rien laisser paraître, j'ai senti qu'elle avait un profond dégoût pour lui...

- Rien à voir avec son orientation sexuelle ?

- Non, je ne crois pas... ça dépassait ce cadre... Elle ne l'appréciait vraiment pas, le trouvait grossier et prétentieux. Elle a même rajouté « Écoutez... j'ai été horrifiée comme tout le monde de sa mort et de la façon dont il est mort mais je dois avouer que je n'ai aucun regret de lui... excusez-moi de cet aveu, mais vous m'avez demandé de parler en toute franchise... »

- Ça a le mérite d'être clair... En plus, elle ne risque rien d'avouer cela... visiblement pas grand monde ne l'aimait cet homme... que dit-elle à propos de du Plessis ?

- Ce fut un moment savoureux. Celui-là non plus, elle ne l'aime pas trop mais pas pour les mêmes raisons. Elle a eu vraiment du mal à cacher un fort sentiment de jalousie vis-à-vis de ce qu'il faut bien appeler un rival...

- Elle est donc amoureuse d'Émilie ?

- Ça ne fait pas l'ombre d'un doute même si elle ne l'a pas avouée...

- Un sentiment partagé à ton avis ?

- Je n'en sais rien. Quand j'avais interrogé Émilie à propos de sa copine, elle est restée impassible à son sujet « Une très bonne amie qui me permet de briser parfois un sentiment de solitude... » Cette Émilie, avec son air permanent de petite-fille sur la réserve est quelqu'un finalement qui ne dit pas grand-chose.

On n'arrive pas à savoir si c'est parce qu'elle n'a rien à dire ou si c'est parce qu'elle est secrète et habile...

- On a le temps de le découvrir... Ton dernier rendez-vous avec Manchin ?

- Là non plus, je pense qu'on n'a pas perdu son temps. Quand je suis allé le voir, sans le prévenir de ma visite, il n'était pas encore arrivé. Cela m'a permis de discuter avec sa collaboratrice, une certaine Chantal Jouhomme. Elle m'a alors indiqué que, selon le carnet de rendez-vous consulté, l'agence était bien ouverte le 28 octobre dernier mais que Manchin n'avait pas été présent de toute la seconde partie de la journée. Il était en rendez-vous à l'extérieur.

- Est-il rentré à son agence en fin d'après-midi du 28 octobre ?

- Eh non, justement. Il a même téléphoné à sa collaboratrice pour lui dire qu'il rentrerait directement chez lui après ses rendez-vous de l'après-midi.

- As-tu demandé à cette Jouhomme si le carnet confirmait bien les rendez-vous de Manchin ?

- On a regardé. Il y avait effectivement deux rendez-vous. Une estimation de valeur d'un appartement au Havre et une inspection d'un bien à louer. Or il a quitté son agence vers 14h30. Il pouvait donc très bien être à Fécamp en fin de soirée vers 19h30

- Tu l'as interrogé à ce sujet quand il est rentré ?

- Il m'a simplement dit que la police chipotait… que les choses ne se faisaient pas d'un claquement de doigts… qu'il était en permanence stressé et qu'il se repliait parfois assez tôt chez lui pour décompresser. Il a même rajouté, car c'est un petit malin « Qu'est-ce qui s'est donc passé le 28 octobre dernier ? » À noter d'ailleurs que ni Émilie Blanvin, ni David du Plessis, ni Aurélie Versois m'ont posé cette question toute bête.

- Plus rien à nous dire ?

- Si… avant qu'il n'arrive, j'ai eu le temps de demander à madame Jouhomme si elle était la seule employée de Manchin.

Elle me l'a confirmé en me précisant qu'il y a trois mois, elles étaient encore deux.

Une dénommée Laëtitia Blain travaillait à l'agence mais Manchin l'a licenciée et ne l'a pas remplacée...

- Un signe pour toi que ça ne marche pas fort pour Manchin ?

- Probablement, mais le plus important est ailleurs. J'ai trouvé l'adresse de cette Laëtitia Blain, elle est dans l'annuaire et je l'ai interrogée...

- Et alors ?

- Eh bien, elle aussi a confirmé les propos déjà rapportés par du Plessis. Manchin était de plus en plus furieux contre Blanvin et laissait entendre, tout haut parfois, qu'il voulait « crever » cette « ordure » de Blanvin. Bref ça chauffait entre les deux agences indépendantes du Havre !!

- (Genevois se tournant alors vers Bordier enchaîna) Tu noteras, Pierre, que Manchin était ces dernières semaines clairement en difficulté professionnelle, qu'il considérait que le principal responsable de cette situation était Blanvin et qu'il a lui-même disparu du Havre dans l'après-midi du 28 octobre ?

- (Bordier lui répondit) Après du Plessis et en attendant Venturi, ça nous fait un beau suspect de plus mais pour l'instant aucune preuve... on est bien d'accord ?

- (Genevois répondit) Pour l'instant, on essaie de rétrécir le cercle des suspects. Le temps des perquisitions viendra plus tard…

- (Bordier reprit la parole) Qu'est-ce qu'on chercherait ?

- Rien et tout à la fois… tu le sais mieux que moi, c'est une forme de pression qu'on met sur les suspects. Parfois ça fait parler les voisins, les proches… (en souriant)…, parfois même on trouve des trucs…

- (Bordier enchaîna pour avoir le dernier mot) Bien… Florent ? On écoute ton compte-rendu ?

12) Roland en dit tout autant…

- Même s'il est moins copieux que celui de Pierre, il apporte son petit lot de surprises. Commençons par celui que l'on peut rayer dès maintenant. J'ai vu le 27 Stéphane Crémois, le représentant du Crédit Maritime. Un gars sans histoire, aucun contentieux avec qui ce soit. Le jour de l'anniversaire de Blanvin, il est venu à la demande de ce dernier pour parler boutique, c'est-à-dire prêt et taux d'intérêt.

Pour lui, ce fut donc une simple rencontre commerciale, sans plus, dès lors que Blanvin était son client. En outre, le 28 octobre, Crémois a pu justifier de sa présence au Havre, sur son lieu de travail jusqu'à 18h30. Celui-là, on peut le rayer définitivement.

Concernant Verlant, je me suis rendu le 31 aux « Bateaux Andrieu » il y a trois jours donc et je ne l'ai pas vu directement mais j'ai croisé l'un de ses collègues, un autre commercial, dénommé Christophe Derval qui finalement m'en a plus appris que si j'avais vu Verlant directement.

- C'est-à-dire ?

- Ce témoin m'a d'abord dit que le 28 octobre dernier s'était tenue une réunion commerciale au sein de l'entreprise qui empêchait Verlant d'être physiquement présent à Fécamp en soirée. Ensuite, ce Derval m'a également indiqué qu'il y a quelques semaines Verlant s'était confié pour lui dire ce qu'il pensait de Blanvin. Je le cite « Un beau salaud ce gars-là. Il a su, je ne sais trop comment que j'avais quelques dettes de jeux et sous couvert de rigolade me menaçait à mots couverts de tout déballer à mes patrons si je ne lui consentais pas un sacré rabais pour l'achat de son bateau… »

- Tu lui as demandé s'il pouvait préciser quand Verlant lui avait parlé de ça ?

- Bien vu Max ! Exactement le lendemain de l'anniversaire de Blanvin, soit le lundi 21 novembre 2016, trois jours avant le grand saut de ce dernier.

- (Genevois se tournant alors vers Bordier) Encore un qui n'a pas dû être fâché que Blanvin disparaisse ! Cela dit, on sait maintenant que ce dernier faisait l'unanimité contre lui. Visiblement sa façon de fonctionner consistait à fouiner un peu partout à la recherche des faiblesses diverses de ses correspondants pour obtenir par la suite des faveurs diverses. On comprend mieux la teneur du second mail à Descombres. Rappelez-vous… Jean Valjean nous parlait d'un « être nuisible que personne ne regrettera… »

- (Bordier reprit la parole) Oui… bien sûr mais on n'a pas à s'occuper de l'aspect moral de cette histoire. On cherche un coupable point barre…

- (Genevois enchaina comme si Bordier n'avait rien dit) Bien… Florent… On t'attend tous sur Venturi maintenant ?

- Je l'ai eu hier à la mairie, entre deux rendez-vous. Il a joué un peu les hommes débordés mais quand je me suis assis en face de lui il a bien pris soin de fermer la porte qui le séparait de son personnel…

- Où était-il le 28 octobre, en soirée ?

- Il a commencé par me dire « Pourquoi vous me posez cette question ? » ce qui m'a obligé à le recadrer en lui disant que c'était la police qui posait les questions…

- Finalement, il a su répondre ?

- Ce fut un peu vaseux… il a commencé par me dire « c'est un peu loin ça… » puis il a consulté son portable… il a farfouillé dessus un bon moment puis ne trouvant rien de concret, il a fini par demander à une secrétaire de passer.

- Il s'est résolu à lui demander de retrouver son emploi du temps du 28 octobre…

- Et alors ?

- La fille est revenue en disant « Le matin, vous avez fait ci, vous avez fait ça… l'après-midi, vous aviez rendez-vous avec monsieur Gendre à 15 heures. Vous êtes parti avec lui et on ne vous a pas revu avant le lendemain… »

- Qui est ce monsieur Gendre ?

- Le secrétaire adjoint de la mairie

- Tu l'as vu ?

- Oui… Il ne se souvenait pas trop de cet épisode… Il croit se rappeler que c'était une histoire de compte-rendu d'une séance publique du conseil municipal. L'opposition n'était pas d'accord avec le projet initial dudit compte-rendu

- Ils sont restés longtemps ensemble ?

- D'après lui, une heure tout au plus…

- Tu as donc fait remarquer à Venturi qu'il n'était que 16 heures après son entretien avec Gendre. Se souvient-il de la suite de son emploi du temps…

- Il m'a répondu « Comment voulez-vous que je m'en souvienne ? Malgré ma jambe qui me fait souffrir, je vais à droite, à gauche… j'ai dû retourner à mon cabinet d'Assurances ou encore je suis passé chez moi. J'ai des journées variées, faites de rencontres, de travaux divers, de réunions, de coups de fil… j'en passe et des meilleures »

- Lui as-tu demandé s'il a quitté Le Havre ce jour-là ?

- Il a été formel. Non… qu'est-ce que j'aurais bien pu faire à l'extérieur du Havre ? a-t-il rajouté…

- Bon… passons à son changement d'identité. Comment lui as-tu présenté la chose ?

- Simplement en lui demandant pourquoi il se faisait appeler Venturi qui n'est pas son véritable nom. Sur le coup, je l'ai senti fléchir sur ses jambes, déjà qu'il n'en a qu'une de valide… Il a réfléchi un peu, m'a regardé puis s'est finalement décidé à tout déballer…

- Et ça donne quoi ?

- Il y a une trentaine d'années, Venturi habitait Rouen. Il avait alors vingt ans et était sujet, à l'époque, à des pulsions sexuelles inavouables et incontrôlables. Ses victimes étaient en général des jeunes garçons, plus rarement des jeunes filles. Mais selon lui, il s'est fait alors énergiquement soigner afin de se débarrasser de cette libido malsaine. Des soins qui, d'après lui, ont porté leurs fruits…

Mais afin que cette partie inavouable de sa vie ne remonte pas à la surface, il a préféré plus tard déménager sur Le Havre et se faire appeler Venturi plutôt que Lentiri.

- C'est plutôt plausible comme explication !

- Attendez, ce n'est pas fini. J'ai regardé le parcours de Julien Blanvin et j'ai découvert qu'il y a trente ans, il habitait Rouen lui aussi et c'était alors un garçonnet d'une douzaine d'années…

- Ah… pas mal…t'as revu Venturi à ce sujet ?

- Oui… et cette fois-ci, il a fini par lâcher définitivement le morceau… « oui, c'est vrai…il me faisait chantonner avec cette vieille histoire dont il avait été lui-même la victime. Il se souvenait parfaitement de moi et de mon véritable nom…»

- Qu'est-ce qu'il lui demandait en échange de son silence ?

- En dehors d'être présent à ses deux derniers anniversaires, d'être informé des projets immobiliers à venir dans la ville, de l'introduire auprès des autres édiles à commencer par le maire, de lui communiquer, hors séances publiques, toutes décisions du conseil municipal portant sur les questions d'urbanisme de la ville ou de l'intercommunalité.

Enfin, il m'a précisé que le bel appartement que Blanvin a acheté en centre-ville appartenait initialement à la ville. Venturi a fait en sorte qu'il lui soit cédé à un prix cassé, donc sans réelle mise en vente concurrentielle.

- (Ce fut Bordier qui commenta ces informations le premier) Du bon boulot, Florent...

Tu viens de mettre à jour un très bon mobile pour se débarrasser d'un gars qui le faisait chanter. Est-ce que tu as senti si Venturi comprenait bien qu'il devenait un sacré suspect ?

- Il a rajouté « Je reconnais naturellement que sa mort fut un véritable soulagement pour moi mais je suis tranquille. Le jour où monsieur Blanvin est tombé de sa falaise, une séance du conseil municipal se tenait au même moment, une séance à laquelle j'ai participé, mon émargement et des photos en font foi… »

- Lui as-tu parlé de Descombres ?

- Non… pourquoi l'aurais-je fait ?

- Je m'assurais que tu étais resté discret à ce sujet…

- Pas de soucis, Max…

- Pour finir, ton retour sur les Marciniak ?

- Ceux-là, je les ai fait venir au commissariat le 30 janvier dernier car ils habitent Fécamp

- Ont-ils pu préciser leur emploi du temps du 28 octobre vers 19h30 ?

- Ils m'ont regardé en fronçant les sourcils et eux aussi m'ont dit « Le 28 octobre 2016 ? Qu'est-ce qui s'est donc passé ce jour-là ?... »

- Et alors ?

- J'ai encore utilisé notre bonne vieille recette consistant dans ce cas-là à répondre « ici… c'est nous qui posons les questions… »

- Au final, ce fut quoi leur réponse ?

- Ils m'ont dit qu'ils n'en avaient strictement aucune idée. Qu'ils supposaient, vu l'heure tardive, qu'ils étaient rentrés chez eux…

- Je crois qu'ils te l'ont confirmé plus tard ?

- Oui…, ils m'ont téléphoné, il y a deux jours. Ce jour-là, ils étaient chez eux n'ayant rien notés de spécial…

- Leur as-tu parlé, comme je te l'avais demandé, d'un chauffard qui aurait renversé le garçonnet ?

- Oui… Ils n'étaient pas au courant et m'ont demandé quel était le rapport avec la chute de Blanvin. Je leur ai répondu « strictement aucun… »

- Tu as bien fait. Passons à autre chose. Savait-il si Blanvin avait des ennemis ?

- La… madame Marciniak s'est déchaînée… Elle m'a dressé un portrait apocalyptique de Blanvin, (Roland prit son carnet) je la cite « … un salaud de la pire espèce, toujours à mentir en passant de la pommade aux gens… à l'écoute du moindre ragot… tuerait père et mère pour passer devant tout le monde… Je n'aime pas Émilie mais je me demande comment elle a pu accepter de vivre avec un type pareil… »

- Édifiant en effet. Qu'a dit le mari ?

- Il est resté silencieux pendant que son épouse éructait. À la fin, quand même, il m'a simplement dit très calmement « Un sale type, monsieur l'inspecteur… que personne ne regrettera et surtout pas nous… »

- (Bordier) Ton sentiment vis-à-vis de ces deux-là ?

- Je ne les sens pas coupables. Ils ont exprimé sans filtre une haine recuite fondée en partie sur la jalousie et le dégoût réel que leur inspirait Blanvin. S'ils avaient vraiment manigancé ce crime leurs réponses auraient été certainement un peu différentes, probablement moins violentes

- (Genevois reprit la parole) Il faut toujours se méfier quand les gens surjouent un peu leur haine de quelqu'un mais je partage malgré tout ton point de vue. Bien… à l'issue de ces deux gros comptes-rendus, je crois qu'on peut désormais restreindre un peu notre boîte à suspects. (En s'adressant au commissaire Bordier) Pierre, si tu le veux bien je vais te donner ma nouvelle « short-list »

- Je t'en prie… Pierre-Alain et Florent, vous me donnerez la vôtre ensuite...

- (Genevois) Je vous donne donc mon tiercé. En numéro un, le couple du Plessis-Émilie, en numéro deux, Nicolas Manchin, en numéro trois Laurent Venturi…

- (Bordier tourna la tête vers Romblet et Roland) Vous êtes d'accord et sur les noms et sur l'ordre proposé par Max ?

- (Les deux autres sans trop se mouiller)… oui… c'est effectivement ce qui ressort de l'examen des interrogatoires de chacun…

- (Bordier) Pour le procureur, elle sera encore un peu trop longue cette liste. Va falloir que vous vous bougiiez un peu pour la limiter à sa plus simple expression. Je suis certain que vous allez y arriver. Ensuite viendra le plus dur, la mise à jour de la ou des preuves. (en souriant) Vous n'allez pas vous ennuyer dans ce commissariat, hein les enfants ?

- Non, chef… merci chef…

13) Dans le vif du sujet

Finalement, début février 2017, les choses s'éclaircissaient. Les inspecteurs du commissariat du Havre se partageaient logiquement le travail. Maxence Genevois travaillerait plus précisément sur la piste « Émilie - du Plessis » tandis que Pierre-Alain Romblet s'occuperait de celle de Manchin et Florent Roland de celle de Venturi. Mais cette fois-ci, il s'agissait de trouver des éléments tangibles permettant d'étayer chaque piste suivie, en clair des éléments de preuves pouvant conduire à une ou plusieurs possibles inculpations.

Cela dit, on ne partait plus de nulle part. Des faits étaient apparus dans les pré-enquêtes. À propos « d'Émilie - David », qui restaient les principaux suspects, il fallait déjà regarder ce que devenait la société créée par Julien Blanvin.

Max ne fut pas réellement surpris d'apprendre que les parents de Julien avaient opté en définitive pour la cession de leurs parts. La société « Immo – Albâtre » poursuivrait donc son activité mais cette fois-ci avec seulement trois associés, dont deux nouveaux.

David du Plessis qui avait investi finalement jusqu'à quinze mille euros en devenait à la fois le gérant et l'associé minoritaire. Le reste du capital d'origine était reconstitué à concurrence de trente mille euros par Émilie Blanvin et de cinq mille euros par le nouveau numéro deux de l'agence, un certain Jérôme Charpin.

Dans cette configuration, Émilie Blanvin devenait l'actionnaire majoritaire, non gérante. Au total, ces trois personnes avaient donc racheté à la fois les ex-parts détenues par Blanvin et celles détenues par ses parents. Commercialement parlant, la page « Julien Blanvin » était bel et bien tournée !

Pendant toute la première dizaine de février, Genevois tenta de rentrer dans le détail de l'emploi du temps d'Émilie et de David le 28 octobre 2016. Les premières explications fournies par les deux suspects étaient vraiment trop peu satisfaisantes. Émilie par exemple disait ne se souvenir de rien. Quant à du Plessis, monsieur était en colère et aurait fait du footing !

La première chose que fit Genevois fut donc de se rendre à Fécamp et de contacter une par une toutes les personnes qui s'étaient portées témoins de l'accident provoqué par Descombres. Il leur montra la fameuse photo regroupant l'ensemble des convives du dernier anniversaire de Blanvin en leur demandant de prendre leur temps et de rassembler leurs souvenirs. La question était simple « vous souvenez-vous si l'une ou plusieurs des personnes figurant sur cette photo se trouvaient sur place et auraient filmé la voiture de Descombres s'enfuyant »

Sur les six témoins s'étant manifestés, cinq ne se souvenaient pas d'avoir vu quelqu'un filmer la scène. La sixième personne, un homme d'un certain âge, mais à l'œil vif, fit enfin une déclaration intéressante. « Oui… quelques personnes dont moi se précipitèrent quand le chauffard était déjà à une cinquantaine de mètres de l'accident. On a tous été voir le gosse qui gisait inanimé. À un moment cependant, je me suis retourné brièvement et j'ai vu une femme derrière nous qui rangeait furtivement son portable dans son sac »

Genevois, soudainement fébrile, s'empressa d'enchaîner « La reconnaissez-vous sur la photo ?... prenez votre temps… » L'homme hélas fit une réponse plutôt décevante « désolé, monsieur, tout a été si vite, j'ai vu cette femme sans la voir et mon regard s'est de nouveau porté sur l'enfant et ceux qui essayaient de le placer de côté. Puis, je me suis retourné de nouveau, mais la femme avait disparu… un véritable fantôme »

Malgré tout ce témoignage était capital. Le film du 28 octobre serait donc l'œuvre d'une femme ?

Cela mettait Émilie au premier rang des suspects mais cela relançait également sa sœur aînée Céline et la copine Aurélie Versois. Puis en continuant d'y réfléchir, Genevois eut un bref moment de découragement « Après tout, cette femme n'a peut-être rien filmé ou encore c'est une personne inconnue en relation avec du Plessis ou Manchin ou Venturi… tellement de scénarios restaient encore possibles… »

Une fois revenu au Havre, Genevois retourna directement au commissariat. Concernant du Plessis, une idée lui trottait dans la tête depuis un petit moment. En rentrant, il alla voir le planton « Charles, passe-moi le numéro des taupes… » C'était le petit nom qu'on donnait au service de police, situé en dehors du commissariat, en charge du suivi des caméras de vidéo-surveillance de la ville. Sa demande était double et simple « Les bandes du 28 octobre étaient-elles encore accessibles ? et la caméra fixée à l'angle du cours de la République et de la rue Aristide Briand était-elle bien active ce jour-là ? »

L'inspecteur Genevois eut cette fois-ci un peu de chance. Malgré la recommandation de la CNIL demandant que les images ne soient pas conservées plus d'un mois, ce jour-là, en fin d'après-midi, à l'angle des rues précitées, il y eut un sérieux accrochage entre trois véhicules. Pour les besoins des assurances et afin de faciliter la détermination des responsabilités civiles, certains passages de la bande furent conservés dont ceux situés à proximité du domicile de du Plessis.

Une fois rendu sur place, sur l'une des bandes, vers 18h30, et sans le moindre doute, Genevois put voir la silhouette de du Plessis rentrer chez lui. Il était en survêtement et portait encore un bandeau en serre-tête. On zooma sur lui. Aucun doute, c'était bien du Plessis qui ne pouvait donc pas être à Fécamp une heure plus tard, d'autant que la caméra le vit ressortir, seul, vers 20 heures 15 « Au moins, le concernant, on en a désormais le cœur net » pensa-t-il.

Dès lors l'inspecteur Genevois continua sa quête dans d'autres directions, celle de Céline Marciniak et d'Aurélie Versois. Concernant l'aînée des Grandin, qui revenait ainsi au premier plan, qu'avait-elle dit cette personne qui habitait sur place ne l'oublions pas ! « Vers 19h30, je devais être probablement chez moi… »

Le lendemain 8 février, Genevois repartit sur Fécamp pour examiner la topologie des lieux de l'accident du 28 octobre. Il se rendit à la fois rue Haakon où s'était déroulé précisément le drame et à l'adresse professionnelle de madame Marciniak, rue Jules Ferry. Ces deux rues étaient finalement assez proches l'une de l'autre. Sur place, après avoir pris rendez-vous par téléphone avec le directeur de la société, il avait interrogé ce dernier en lui demandant de rester discret sur cet interrogatoire de pure forme.

« Vous comprenez monsieur Geslin au stade de notre enquête nous vérifions plein de choses tous azimuts, mais nous n'accusons absolument pas madame Marciniak de quoi que ce soit. Nous vérifions juste certains points pour ne rien laisser au hasard » « que voulez-vous savoir ? » lui avait répondu laconiquement monsieur Geslin.

Genevois avait alors enchaîné s'il savait vers quelle heure madame Marciniak avait quitté l'entreprise le 28 octobre dernier ? Monsieur Geslin avait souri « désolé, les horaires du personnel ne sont pas enregistrés. Normalement, elle débauche vers 19 h et madame Marciniak est une personne très ponctuelle, très sérieuse… »

Genevois lui fit remarquer qu'en partant si tard, elle devait probablement dépasser assez rapidement les 35 heures. En retour, monsieur Geslin répondit : « Vous êtes inspecteur de police ou inspecteur du travail ?... Rassurez-vous, le volume horaire de nos collaborateurs est annualisé. Ce qui fait qu'on est à peu près dans les clous… et puis il y a encore des gens qui considèrent en France que travailler n'est pas honteux »

Genevois avait insisté « Elle n'habite pas très loin de son lieu de travail. Savez-vous si elle rentre chez elle à pied… ? »

« Je ne sais pas, c'est probable, mais j'avoue que je ne me suis jamais posé la question. Voyez-la directement, ce sera plus simple... »

Genevois lui avait alors rétorqué « ce n'est pas ce qu'elle peut me raconter qui m'intéresse, c'est ce que disent des gens comme vous, complétement extérieurs à l'affaire »

Après avoir raccroché Genevois réfléchissait à ce qu'il venait d'apprendre « Partie à pied vers 19 heures, elle pouvait parfaitement passer par la rue Haakon pour rentrer chez elle. Elle a donc pu filmer la scène en passant, y réfléchir et la conserver à tout hasard. Les Marciniak haïssaient tant Blanvin que ce scénario n'était pas si absurde que cela... »

Une piste de plus dans ce labyrinthe intra familial...

Dans sa quête personnelle, par le truchement des subordonnés du commissariat, Genevois avait également obtenu la compilation d'informations complémentaires sur Aurélie Versois. Assis mollement dans son bureau, il lisait une fiche la concernant. Qu'est-ce qu'on apprenait à son sujet ? Qu'elle avait fait des études littéraires jusqu'à la licence, qu'elle était fille unique, que ses parents étaient divorcés et n'habitaient pas la région, bref qu'elle vivait seule, louant un petit deux-pièces au centre-ville.

Après ses études supérieures inachevées, un parcours de vie assez anodin fait de petits boulots assez mal rémunérés. Par exemple, elle avait tenu un kiosque, s'était essayée au caritatif, avait également assuré quelques semaines la tenue de la buvette d'un club sportif, avait pointé quelques mois au chômage avant qu'elle ne décroche enfin un boulot stable de bibliothécaire au sein de la ville.

Recrutée en CDI en septembre 2014 cela faisait deux ans et demi maintenant qu'elle occupait ce poste, sans faire de bruit, sans histoire particulière…

Que disait donc cette satanée fiche qui aurait pu intéresser Genevois ? vers la fin on arrivait enfin à des choses plus intéressantes. L'affectif ? alors, c'était une lesbienne ou pas ? une militante ou pas ? Genevois lut la fiche en se concentrant davantage. Sur ces sujets,, ce qui semblait avéré, c'est qu'elle avait milité six mois dans une association qui défendait la cause des LGBT mais elle s'en était retirée en mars 2014 (« plus le feu sacré leur aurait-elle dit… »)

Ce qui semblait non moins vrai c'est que les administratifs du commissariat n'avaient pas été en mesure de trouver si cette personne avait eu dans le passé un parcours amoureux. Pas de noms de partenaires, masculins ou féminins, identifiés… une totale discrétion de sa part ou un vide affectif absolu…

Genevois en arriva au dernier paragraphe de la fiche. Un passage qui lui fit relever le sourcil. Mademoiselle Versois avait eu un épisode dépressif d'un mois entre avril et mai 2014 et avait été prise en charge médicalement par le groupe hospitalier de la ville.

Elle avait quitté l'hôpital quelques semaines avant d'être embauchée comme bibliothécaire de la ville, courant septembre 2014.

L'inspecteur Genevois était désormais seul dans son bureau au commissariat. Nous étions le jeudi 9 février 2017. Il était tard. Sa montre indiquait 20 heures 15 et la nuit était tombée. Pourtant, il ne parvenait toujours pas à quitter son fauteuil. Déjà, il continuait de réfléchir à tout ce qu'il avait mis à jour lui-même. Ensuite, il se remémorait les comptes-rendus oraux que lui avaient rapportés ses adjoints concernant spécifiquement Manchin et Venturi.

Pourquoi, par exemple, Manchin n'était-il pas revenu à son bureau en fin d'après-midi du 28 octobre dernier ? Personne ne pouvait répondre précisément à cette interrogation, mais en revanche on en savait aujourd'hui un peu plus sur sa vie privée. Romblet avait réinterrogé sa dernière employée licenciée, Laëtitia Blain. À la différence de sa collègue Jouhomme, toujours en place à l'agence, Blain ne risquait donc plus rien de vider son sac !

Et elle le vida… Manchin ? Un obsédé sexuel ! faisant en permanence des allusions graveleuses à certaines clientes… « Heureusement que ni Chantal ni moi n'étions mignonnes sinon ils nous auraient pourri la vie ce gros porc… Pour moi le 28 octobre en soirée, il a été voir un certain genre de filles si vous voyez ce que je veux dire… c'était presque son principal dérivatif et tout le monde le savait dans le milieu. De toute façon, vu sa laideur et sa perversité, il ne pouvait avoir de relations sexuelles qu'avec des professionnelles… »

Pourtant n'avait-il pas eu une petite amie dans le passé, à qui il avait fait un enfant ? Blain resta saisie à ce sujet « vous me l'apprenez… Je ne savais pas qu'il avait fait un petit garçon… » et elle avait même rajouté « pauvre gosse… »

L'inspecteur Romblet avait également cherché à savoir si des éléments concrets pouvaient expliquer pourquoi Manchin commençait à tant s'énerver contre Blanvin.

Sa quête fut loin d'être inutile. Deux éléments ressortaient de ses investigations. D'abord, c'était vrai que depuis deux exercices, la santé de son agence déclinait. Fin 2015, il avait bouclé l'année en pertes de près de dix-huit mille euros et l'année 2016 ne s'annonçait pas non plus sous les meilleurs auspices. D'après son comptable, une nouvelle perte au moins équivalente à celle de l'année précédente se profilait…

Interrogé à ce sujet, son comptable, un certain Guillaume Berger, précisa à Romblet que le poste des frais généraux augmentait régulièrement tandis qu'inversement le chiffre d'affaires diminuait. L'étau classique des petites structures.

À la question de savoir quels étaient donc les éléments qui avaient entraîné le gonflement des frais généraux, on trouvait une rubrique curieuse de frais de publicité pour au moins dix mille euros.

« Pourquoi curieuse ? avait demandé Genevois… parce qu'il ne faisait pas de publicité particulière lui avait répondu Romblet… le comptable ne lui a donc pas posé de questions à ce sujet ?... ce serait des pratiques tolérées dans les « sociétés de Personnes », ce qui est le cas de celle de Manchin… »

Cette première information sur la perte de valeur de la structure commerciale de Manchin vint s'ajouter à une seconde information également troublante. Romblet avait demandé à son banquier si des mouvements anormaux étaient apparus en 2016, sur son compte courant. La banque avait répondu que non sauf à considérer que deux prélèvements de quatre mille euros chacun étaient suspects.

« Disons que monsieur Manchin n'avait pas l'habitude de faire de tels retraîts… »

Seul dans son bureau, Genevois réfléchissait encore et toujours « Résumons-nous. Manchin était commercialement parlant en perte de vitesse. Une dégradation qui s'accélérait. Blanvin le faisait probablement chanter deux fois. Une fois en lui demandant directement de l'argent – une sorte de dîme régulière – et une fois en l'obligeant à lui refiler certaines de ses affaires.

Le 24 novembre dernier, ce n'était certes pas lui qui avait directement poussé Blanvin dans le vide puisque la police avait établi dès le début que Manchin se trouvait à Fécamp ce soir-là chez Virginie Lenglois, son ex petite amie. Une présence certifiée à la fois par celle-ci et l'une de ses amies, interrogée par la police de Fécamp.

En revanche, Manchin aurait très bien pu écrire les deux mails à Descombres pour que ce dernier fasse le boulot de « crever » Blanvin à sa place. Tout ceci était très plausible. Mais dans ce scénario il manquait toujours l'essentiel. Qui donc aurait filmé Descombres s'enfuyant ? Un tiers à sa solde ?

Avec Venturi, le chaînon manquant de l'auteur du film se posait également de façon aiguë. C'est l'inspecteur Roland qui avait donc cherché à trouver des éléments éclairant l'enquête. Et qu'avait-il trouvé ? Plusieurs choses.

D'abord Venturi ne s'était jamais marié et on ne lui connaissait pas de petites amies. Ce n'était pas une preuve que sa libido restait perturbée mais cela laissait supposer que le traitement l'avait bien marqué. De nos jours, on est davantage dans les séquences de mariage, de divorce et de remariage que de célibat. Surtout pour un édile qui en matière conjugale « se devait de montrer l'exemple ».

Était-il de l'autre bord ? Pas davantage semble-t-il. Rien, en tous cas, n'était remonté à ce sujet. « Monsieur Venturi coure de rendez-vous en rendez-vous... c'est un homme éternellement pressé... » avaient précisé ses secrétaires. Par ailleurs, est-ce que monsieur Julien Blanvin était connu à la mairie du Havre ? « oui... on le voyait parfois, une ou deux fois par mois... »

Comment se passaient ces rendez-vous avec monsieur Venturi ? « Pas très bien, en général... ça grondait dans son bureau, mais les deux hommes savaient s'arrêter à temps... Est-ce que le maire lui-même avait eu déjà affaire à Blanvin ? Non, pas directement... monsieur le maire un jour avait cependant lancé à monsieur Venturi en riant « et comment ça va avec ta sangsue ? ... »

Une dernière fois, avant de se décider à quitter enfin son bureau, Genevois repensa à l'ensemble de ces témoignages.

Maintenant, il en était persuadé. Blanvin était vraiment un sale type qui faisait chanter tout le monde. Sa mort, même pour atroce qu'elle fut, n'était vraiment pas une grosse perte sinon pour ses parents et le petit Jonathan.

Mais dès lors, concernant ceux qui avaient pu écrire les mails, ça se bousculait un peu au portillon. On n'avait que l'embarras du choix. Émilie pouvait avoir filmé l'accident et en parler ou non à David, avec la complicité ou non d'Aurélie Versois. Mangin avait pu filmer lui-même la scène.

Ce soir-là, il n'avait pas forcément été voir les filles. Quelqu'un, proche de Venturi, aurait pu également être à Fécamp le 28 octobre et le duo aurait pu, lui aussi, faire chanter Descombres. Le couple Marciniak était également sur place et Genevois avait établi que Céline pouvait très bien être celle qui avait filmé la scène.

En partant, Genevois prit son écharpe et s'entendit penser « bien, demain sera un autre jour… on verra bien… »

14) Retour de bâton

Le port du Havre était balayé d'un vent violent et glacial en ce samedi 11 février 2017. Vers 17 heures, il faisait déjà presque nuit tant le ciel était bas et gris. Aurélie Versois était à l'unisson du temps... triste et maussade.

Ce jour-là, elle n'avait envie de rien, avait légèrement grignoté quelques biscuits à midi, puis s'était laissée tomber sur son vieux fauteuil trop grand pour elle. Pensivement elle avait feuilleté un magazine qui traînait déjà depuis un bon moment sur sa petite table basse, au bois fatigué. Un magazine qu'elle connaissait par cœur et qui ne pouvait donc pas lui occuper l'esprit...

Vers 17 heures, Aurélie essaya de joindre une première fois le portable d'Émilie Blanvin... sans effet. « Où est-elle donc passée cette petite peste ? » marmonna-t-elle. Vers 17 h15, elle la rappela une seconde fois toujours sans succès. Cette fois-ci, elle se résolut à laisser un message « Émilie rappelle-moi... il faut qu'on se parle toutes les deux... c'est important... je t'embrasse... Aurélie »

Vers 17 h20, Aurélie alluma la télé. Dans quelques minutes passerait un feuilleton qu'elle suivait de temps en temps. Pour se secouer un peu et se remonter le moral, elle se servit une petite rasade de son « martini rouge », une boisson qui la réconfortait toujours…

Elle s'installa dans son fauteuil, but quelques gorgées et chercha la bonne chaîne, celle de son feuilleton.

Une vingtaine de secondes plus tard, la jeune femme commença à cligner des yeux tout en ne se sentant pas très bien… Elle se leva difficilement pour boire un verre d'eau tant elle avait soudainement soif « qu'est-ce qui se passe… qu'est-ce que j'ai… »

Et soudain, elle sentit tout son corps basculer dans quelque chose d'inconnu. Elle était désormais en sueur et la salive lui venait à la bouche de façon incontrôlable… Sa pupille se dilatait à grande vitesse… elle haletait et sentait venir en elle un problème aigu respiratoire « au secours… qu'est-ce qui m'arrive… » eut-elle le temps de marmonner avant de vomir sa bile et de s'écrouler par terre en se convulsant.

L'agonie d'Aurélie Versois dura encore une trentaine de secondes, juste le temps que les deux systèmes circulatoire et respiratoire soient complétement paralysés.

Elle mourut dans un ultime râle pathétique puis le silence s'abattit dans cet appartement qui sentait soudainement la mort…

Trente minutes plus tard, un maelström de pompiers, d'infirmiers et de policiers s'activaient tous ensemble dans l'appartement de feue Aurélie Versois.

Ces personnes, habituées visiblement à ce genre de circonstance, s'affairaient désormais dans leurs spécialités, empêchant les badauds voisins de pénétrer dans l'appartement, prenant des photos, recherchant les empreintes laissées, dessinant à la craie dans quelle position se trouvait initialement le corps de la victime.

Qui donc avait averti ces divers corps de métiers ? C'était la voisine du dessous qui avait entendu des bruits de chaises, de verres cassés, de râles étouffés et pour finir de chute lourde d'un corps. Très inquiète, elle était montée au-dessus, avait frappé à la porte, mais personne ne lui avait répondu. C'est elle, la première qui s'était décidée à appeler police secours. De toute façon, d'autres locataires de l'immeuble l'auraient fait tant leur infortunée voisine avait fait de bruits en s'écroulant.

Le commissariat du Havre ne fut pas alerté immédiatement. La victime, une certaine Aurélie Versois, célibataire et locataire de son appartement, n'était pas connue des services de police et nombre des personnes accréditées sur place pensèrent initialement à une sévère et brusque crise cardiaque.

Quand le médecin légiste arriva, une heure après le décès, il souleva le drap déposé sur la morte et commença son travail de professionnel. Toutes les personnes encore présentes autour de lui le regardaient faire, mi-incrédules, mi-avides de savoir. L'examen du corps, du visage et des membres de la femme gisante fut assez long. Cela dura bien dix minutes.

À l'issue de diverses palpations et après avoir pris régulièrement des notes écrites, le médecin légiste, un certain Jean-Pierre Albran, abaissa les yeux encore terrorisés de la morte. Puis il la recouvrit du drap que les pompiers avaient initialement déposé sur son corps et se releva avec une certaine difficulté.

Une fois debout il regarda l'assistance qui se composait encore d'une demi-douzaine de personnes. Il lâcha alors d'une voix basse « ou cette femme s'est empoisonnée ou elle a été assassinée… (puis en se retournant vers les deux agents présents)… il faut que vous préveniez votre commissariat. Cette affaire relève de sa compétence… que plus personne ne touche à quoi que ce soit, notamment au contenu des bouteilles dans lesquelles il reste du liquide »

Quelqu'un demanda alors de quel poison il s'agissait ? ce qui entraîna un hochement de tête du médecin « A ce stade, je ne sais pas trop… tellement de poisons mortels circulent… je ne peux que constater certains signes. Il faudra un examen approfondi du corps de cette femme pour statuer sur le poison utilisé avec certitude… les experts du service médico-légal trouveront je n'en doute pas… de toute façon, et comme d'habitude, je leur communiquerai par écrit mes premières conclusions… messieurs, bien le bonsoir… »

Une demi-heure plus tard, vers 19 heures, c'est en entrant au commissariat que l'inspecteur Genevois fut informé d'un sacré rebondissement dans l'affaire Blanvin.

Charles l'interpella

- Max, on a cherché à te joindre sur ton portable mais tu ne répondais pas…

- Qu'est-ce qu'il y a ?

- Aurélie Versois a été retrouvée morte aujourd'hui chez elle vers 17h45…

- Morte ?! M… de quoi bon dieu ?

- Empoisonnée d'après le légiste. Va voir Bordier. Il t'attend…

À grandes enjambées, Genevois entra rapidement dans le bureau du commissaire… ce dernier entama rapidement le dialogue

- Charles t'a dit ?
- Oui… incroyable… t'en penses quoi ?
- Sait pas… elle en savait trop probablement, mais une fois qu'on a dit ça…
- Attends, ça nous met Émilie en pleine lumière !
- Pourquoi tu dis ça ?
- Elles étaient « cul et chemise » et l'une se pâmait d'amour pour l'autre…
- Et alors ?
- Sauf que celle qui était draguée par Aurélie se consume désormais pour le beau David ?
- Tu penses que c'est Aurélie qui était le soir du 28 octobre à Fécamp, qu'elle aurait filmé la scène et qu'elle en a parlé à Émilie, avant que les deux femmes instrumentalisent Descombres…
- C'est un scénario très possible. On peut imaginer la suite. Pour garder pour elle son Émilie, Aurélie aurait commencé à la menacer de tout dire à la police sauf qu'Émilie n'est pas lesbienne et qu'elle a préféré malgré tout son bonhomme.

- Peut-être même que ce dernier est dans le coup et que c'est lui qui tire les ficelles depuis le début...

- Peut-être... (d'un ton dubitatif)

- Max, tout ça c'est bien beau, mais on manque de preuves... dans cette affaire, ce sont les évènements qui devancent les raisonnements. Admettons que ce soit Aurélie qui ait filmé l'accident, il faudra le prouver... t'as quelque chose ?

- Non, pour l'instant, rien... ou alors... je viens de penser à quelque chose. Mais il faut que je procède préalablement à quelques vérifications..., je te tiens au courant bientôt...

15) Genevois à l'offensive

En revenant à son bureau, Genevois passa devant celui de son adjoint Romblet.

- Pierre, s'il te plaît, j'ai à te parler…
- Ah, je sens que monsieur est sur une piste…
- Tu m'as bien dit que Versois faisait du tai-chi tous les mercredis soir à la section locale du Havre ?
- Oui…
- Tu as sûrement gardé sa feuille de présence pour octobre ?
- Oui… je crois bien qu'elle est là…. attends, voilà la chose en question…
- (Genevois récupéra la feuille et la consulta assez fébrilement) voilà, c'est là… 28 octobre 2016… qu'est-ce que tu vois ?
- (Romblet regarda la feuille et resta perplexe) … qu'elle était présente ce jour-là à sa séance !
- Tu as vu la couleur de l'impression ?
- Qu'est-ce qu'elle a ?

- C'est une copie, Pierre, c'est une copie... J'en étais sûr...

- Oui, et alors ?

- Alors, lundi, tu passes au club local du tai-chi havrais et tu demandes à voir l'original. Je suis quasiment sûr qu'elle a falsifié sa feuille de présence...

- Ben, de toute façon, original ou pas, elle a fait sa séance de tai-chi ?

- Oui, mais celle du mercredi 28 octobre, elle l'a fait à Fécamp, Pierre, à Fécamp !!! C'est le même club, juste une section différente. J'avais déjà noté ce point, mais je l'avais laissé de côté... à tort.

Dans les jours qui suivirent cet échange, un certain nombre de faits se dégagèrent.

D'abord, le laboratoire qui examina le corps d'Aurélie Versois fut formel. Cette dernière avait été empoisonnée par un extrait de racine de « l'Aconit napel », l'une des plantes les plus dangereuses de la flore d'Europe tempérée. Les molécules toxiques sont des alcaloïdes dont la principale est l'aconitine. Elle ne pardonne pas...

Ensuite, il fut établi par une reconstitution des faits que le vecteur de transmission du poison fut le verre de martini qu'avait bu la victime, sachant que l'aconitine n'a pas de goût et n'avait donc pas altéré celui du martini. Le sac à main de la victime ayant été retrouvé, le portable qui se trouvait à l'intérieur fut emporté pour analyse de son contenu.

En partant, les policiers avaient placé des scellés sur place empêchant désormais toute personne étrangère à l'enquête de pénétrer dans l'appartement d'Aurélie Versois. La perquisition complète de l'appartement avait été fixée au mercredi 15 février 2017.

Un point important fut également mis à jour. La consultation de l'original de la feuille de présence confirmait bien qu'Aurélie Versois avait fait sa séance de tai-chi le 28 octobre à Fécamp et non au Havre. Elle avait tout simplement mis du blanc pour effacer le nom du lieu de sa séance avant d'en faire une photocopie. La séance du mercredi 14 octobre, qui s'était également déroulée à Fécamp, avait été pareillement maquillée.

Enfin, il fut établi que c'était très probablement Versois qui avait filmé la fuite de Descombres le 28 octobre dernier dès lors que le local de tai-chi où elle venait de terminer sa séance se trouvait à une trentaine de mètres seulement du lieu où avait eu lieu l'accident.

Le mardi matin 14 février, de nouveau réunis dans le bureau du commissaire Bordier, les trois policiers en charge de l'affaire échangeaient entre eux. Une séance animée. Le commissaire avait pris la parole le premier.

- Dis-nous Max, comment es-tu parvenu à choisir entre Émilie, Aurélie et Céline pour savoir qui tenait la caméra ?

- Finalement, c'est assez simple. Si c'était Émilie qui s'était retrouvée présente à Fécamp le 28 octobre au soir, et si c'était encore Émilie qui avait voulu se débarrasser de son mari, pourquoi donc aurait-elle mis Aurélie dans le coup ? Une complice « pendant », pourquoi pas ? mais une complice « après », c'était bien trop dangereux. Ça parle parfois les complices...

Par ailleurs, on a montré qu'Aurélie avait une raison bien précise d'être à Fécamp le 28 octobre en soirée. Quelle raison aurait pu avoir Émilie ? Et qui aurait gardé Jonathan ? Enfin, je vous rappelle qu'une caméra de la ville a prouvé que du Plessis était présent au Havre le jour de l'embardée de Descombres.

Genevois continua son raisonnement.

- Céline avait également la possibilité d'être présente sur le lieu de l'accident mais son objectif se serait limité à la disparition de son beau-frère, pas à celle de la copine de sa sœur. En résumé, seule Aurélie avait à la fois une raison d'être là, une raison de garder son film pour elle et surtout un double mobile pour faire chanter Descombres.

- (Bordier) Diable, lesquels selon toi ?

- Tout le monde est d'accord pour dire qu'Aurélie Versois était amoureuse d'Émilie. Son premier mobile aurait donc été d'éliminer le mari d'Émilie, d'autant que des tonnes de gens le détestaient. Mais il pourrait bien exister un second mobile, plus subtil, un secret commun partagé entre les deux femmes, qui faisait d'Émilie la complice objective d'Aurélie. Et cette dernière pouvait espérer s'en servir pour écarter à terme son second rival, David du Plessis...

- (Romblet) Mais dis-moi, Max, cette belle théorie suppose qu'après le 28 octobre, Aurélie serait venue voir Émilie pour lui dire « j'ai trouvé le moyen de nous débarrasser de ton encombrant mari... » et qu'Émilie aurait bien accepté ce scabreux marché...

- (Genevois) Les mails envoyés à Descombres sont une réalité, non ! Réfléchissez... Aurélie les aurait-elle envoyés si Émilie ne l'avait pas suivi ? Le problème est venu du fait que quelques semaines plus tard, Émilie a dû faire un choix entre Aurélie et David. Et que visiblement, c'est ce dernier qui est sorti du chapeau...

- (Roland) Selon toi, c'est cette frêle Émilie qui aurait empoisonné sa complice ?

- Je pense qu'Émilie était coincée. Aurélie voyait l'amour grandir entre sa complice et du Plessis en outre proches associés dans la nouvelle structure. Aurélie se sentait désormais rejetée et a dû recommencer à déprimer. Perdu pour perdu, elle devait commencer à harceler Émilie en lui disant des trucs comme « si tu ne me reviens pas, je dis tout à la police... »

- (Bordier) Dans le scénario final, penses-tu que l'empoisonneuse pourrait être un homme comme du Plessis ?

- (Genevois) Tout est toujours possible dans la vie, mais je n'y crois pas. L'affaire a débuté avec les deux filles et aucune des deux n'avait intérêt à compliquer la situation en avouant la commandite d'un meurtre, car c'est quand même de cela qu'il s'agit, à un tiers même proche.

- (Romblet) Donc, c'est dit, Max... Aurélie et Émilie ont fomenté de concert le meurtre d'Étretat, puis Émilie a été obligée de supprimer Aurélie en raison de la jalousie exacerbée de celle-ci qui menaçait de tout dire à la police...

- (Genevois) C'est pour l'instant ma meilleure théorie... et maintenant on va s'évertuer à la prouver en fouillant à fond les domiciles d'Aurélie, d'Émilie et de du Plessis. Patron, il nous faut dès que possible l'autorisation du « proc » pour obtenir le droit de perquisitionner les domiciles d'Émilie et de son mec. D'ici là, aucun bruit concernant ma théorie.

Ce n'est pas la peine d'effrayer Émilie et son David… tout le monde marche en pantoufles.

- (Bordier en souriant) Vous endormez quand même pas trop les gars. J'ai du monde aux fesses désormais… j'imagine qu'on commence par l'appartement d'Aurélie ?

- (Genevois) Bien sûr… On y va demain toute la journée à trois… (à ses adjoints) oui, j'ai besoin de vous… (en souriant) j'ai peur dans le noir…

16) Perquisition

Le lendemain mercredi 15 février, les trois inspecteurs du commissariat étaient sur place, dans l'appartement de feue Aurélie Versois. Genevois évalua à la louche la taille de l'habitat, un petit deux-pièces qui ne devait pas dépasser 50 m² de surface « vous vous concentrez sur tous les papiers que vous pourrez trouver » leur avait-il recommandé…

Ils s'étaient assez naturellement répartis le travail. Genevois se réservait la salle à manger. Romblet examinait la chambre et un passage entre les deux pièces, Roland tout le reste y compris le box de la cave annoncé pourtant comme très réduit…

Cette fouille en règle dura un peu plus d'une heure. Que récoltèrent les trois policiers ? Finalement pas grand-chose. Le mobilier était assez spartiate et sans goût particulier. La cuisine toute petite était mal rangée. La chambre était meublée d'un lit banal à une place et d'une commode. Sur celle-ci, en revanche, foisonnaient des produits de maquillage de toute sorte, pour les yeux notamment, un postiche… des peignes compliqués, colorés et multiples…

Entre la salle à manger et la chambre, se trouvait l'armoire à vêtements. Un meuble large et haut bourré de pièces vestimentaires de toute nature, de toutes couleurs, de toutes saisons.

Cette femme visiblement dépensait la plupart de ses payes à s'habiller de façon variée et compulsive.

L'examen de la salle à manger n'apporta pas de grandes informations. Une petite table carrée, quatre chaises banales, un fauteuil fatigué, un meuble bas sur laquelle était posée la télé et une petite table basse sur laquelle on trouvait trois vieux magazines. Dans un mini-panier en osier traînaient deux trousseaux de clés. Ni dans la chambre ni dans la salle à manger se trouvait un micro PC, pas même une tablette.

Au total la fouille de cet appartement, l'odeur fade qui y régnait, le manque de meubles récents et de qualité donnait une impression de petit bric-à-brac sans âme. A lui seul cet endroit décrivait mieux que toutes paroles la profonde solitude qui devait peser sur cette femme, pourtant encore jeune et qui était loin d'être laide.

Côté papiers et documents, finalement ce qui intéressait vraiment la police, la cueillette fut à peine meilleure. On retrouva ses papiers d'identité, de voiture – elle possédait une petite Twingo – diverses factures payées ou en suspens liées notamment aux charges de l'appartement.

Un vade-mecum de la SEM[3] du Havre, le vrai propriétaire de l'immeuble, rappelant aux locataires les bons réflexes qu'ils devaient adopter en toutes circonstances, en matière d'hygiène notamment.

Plus intéressante fut la découverte d'un petit carnet d'adresses. Il y avait peu de noms dans ce carnet, une demi-douzaine précisément que les trois inspecteurs ne connaissaient pas. L'attention de Genevois se porta toutefois sur le nom de l'un des contacts avec entre parenthèses l'indication « Assoc LGBT ». Il cria aux deux autres « Faudra l'interroger celle-là, qu'elle nous en dise plus sur la personnalité cachée d'Aurélie… ». Malgré tout, et devant la pauvreté de ce qu'ils avaient déniché, ils pensèrent tous ensemble que le numérique avait bien définitivement remplacé l'écrit… Naturellement le carnet fut conservé…

Pour finir, on retrouva également – et ce point intéressa les policiers – l'adresse du père d'Aurélie qui habitait à Alençon dans l'Orne à 160 kilomètres du Havre. Un homme qu'il convenait de prévenir pour l'organisation des futures obsèques de sa fille.

On chercha l'adresse de la mère, qu'on ne trouva pas. « Pas trop gênant pensa Genevois, les administratifs du commissariat ont mis à jour

---

[3] Société d'Economie Mixte

le divorce des parents. Ils ont dû identifier l'adresse actuelle de la mère »

Dans la salle à manger trônait une petite bibliothèque haute et pas très large. Genevois farfouilla dans les livres pour découvrir si d'éventuelles feuilles de papier ne s'y trouvaient pas cachées, mais rien ne voleta, hélas… En faisant ce travail, il tomba sur les « Misérables » de Victor Hugo, ce qui le fit sourire. Il pensa « le voilà, mon Jean Valjean… » mais Genevois au passage se fit une autre réflexion…

« Pour une bibliothécaire, on ne peut pas dire qu'à titre privé elle croulait sous les bouquins… »

Au bout d'une heure, force fut de constater que cette perquisition était un échec quasi complet. Cet appartement sans âme n'avait rien révélé sinon quelques noms jusqu'à présent inconnus de la police. Il n'y avait plus qu'à espérer que la police scientifique trouve quelque chose sur le portable d'Aurélie. Au plan matériel, c'était finalement la dernière et seule cartouche.

Sur place, la fouille générale achevée, les trois enquêteurs se regardèrent quelques secondes ne trouvant plus grand-chose à dire. Lentement, Genevois releva la tête et annonça aux autres « Il y a quand même quelque chose qui crève les yeux ? ». Les autres le regardèrent un peu surpris. Genevois continua « voyez vous-même… ce fut bien une militante de la cause LGBT ? »

On pourrait s'attendre à ce qu'elle ait été en contact avec une petite amie attitrée ! mais elle est où cette bête curieuse ? pas de lettres, pas de post-it, pas de photos, pas de carnet intime... » Les deux autres hochèrent la tête d'approbation... sans trop comprendre où voulait en venir leur collègue.

Genevois continua « demain les gars, on aura les résultats de l'examen approfondi du portable d'Aurélie. Après-demain, j'irai voir la responsable des LGBT locaux et je l'interrogerai sur Aurélie pour compléter son profil psychologique. Vous avez les nouveaux noms du carnet et vous aurez ceux du portable d'Aurélie. Contactez moi tout ce joli monde..., par téléphone pour commencer... si vous récupérez une info intéressante, vous poussez plus loin en allant les voir directement.

On se revoit lundi prochain pour mettre Émilie sur le gril... Bordier est au courant... il nous bénit d'avance... en s'y mettant à trois, on va bien la faire craquer... »

17) Témoins adjacents

Le lendemain se tint effectivement une réunion au commissariat, dans le bureau de l'inspecteur Genevois. Étaient réunis également ses deux adjoints Romblet et Roland et les deux représentants de la police scientifique locale, les dénommés Jérôme Prestic et Guillaume Durocher.

- (Genevois débuta la conversation) Alors ce portable, il a parlé ?

- (Prestic répondit) La bonne nouvelle, c'est que nous avons « cracké » assez facilement son android… elle utilisait un schéma à reproduire sur son écran et ça ne nous a pas posé trop de problèmes pour faire sauter son code de verrouillage

- (Genevois) Il y a donc une mauvaise nouvelle ?

- (Prestic) Hélas, oui… mademoiselle Versois correspondait avec madame Blanvin via le réseau « WhatsApp ». Toutes les communications entre elles sauf celles de samedi et de dimanche derniers ont été effacées définitivement.

- (Genevois) Peut-on savoir laquelle des deux est à l'origine de ces effacements ?

- (Prestic) Non, ça peut être l'une ou l'autre… à des périodes différentes… en tous cas impossible de les récupérer… elles ont fait également le nécessaire pour les faire disparaître du cloud.

- (Genevois) Le reste de ses contacts ?

- (Durocher) On a pratiquement tout. On va vous transmettre la semaine prochaine une chemise complète sur tout ce qu'on a retrouvé, notamment ses « textos ». Elle en a envoyé quelques-uns…

Le lendemain de cette réunion, finalement plutôt décevante, Genevois alla rendre visite à mademoiselle Nathalie Depinois, la présidente de l'association locale pour la défense de la cause des LGBT vivant ou travaillant dans la région.

C'était une femme à la forte stature et au sourire avenant qui l'avait accueilli. L'association bénéficiait de deux mini-salles et d'une pièce nettement plus grande. Genevois fut reçu, en tête à tête avec la présidente, dans l'une des petites salles d'accueil. Après les salutations d'usage et une présentation personnelle de chacun, Genevois entra assez vite dans le vif du sujet.

- Je m'excuse d'aborder le sujet d'une façon aussi brutale, mais êtes-vous informée du récent décès de mademoiselle Versois, l'une de vos anciennes adhérentes ?

- Je ne vous cache pas que votre coup de fil pour me demander rendez-vous m'avait intrigué.

J'ai voulu me renseigner et je l'ai appris assez rapidement par l'intermédiaire des services sociaux. Nous sommes stupéfaits à l'association de ce qui est arrivé à Aurélie…

- Selon vous, avait-elle des ennemis ?

- Aurélie ?... cela m'étonnerait beaucoup… c'était une gentille fille douce et discrète qui n'aurait pas fait de mal à une mouche…

- Savez-vous pourquoi elle a quitté votre association ?

- Alors ça… il n'y a jamais de réponses claires à ce genre de question… Je n'en sais rien ou plutôt j'ai ma petite idée que je peux vous donner, sans garantie aucune cependant

- Dites toujours ?

- En général, les personnes qui militent dans notre association sont des personnes d'un certain profil. Un profil différent de celui d'Aurélie…

- Ce qui signifie en clair ?

- Elle était lesbienne, oui… plutôt… mais surtout ce n'était pas du tout une femme intéressée par les relations sexuelles… même avec une autre femme

- Je vois… en venant chez vous, peut-on dire alors qu'elle venait chercher un peu de chaleur humaine ?

- Oui... très probablement... ce n'était pas du tout une militante engagée et encore moins enragée comme certaines que je connais, ici même d'ailleurs...

- Vous me laissez entendre qu'elle n'avait pas de petite amie ?

- Pas à notre époque en tous cas... certaines ont bien essayé mais Aurélie restait froide comme un glaçon... elle décourageait plus qu'autre chose...

- Bien... autre sujet... vous a-t-elle parlé d'une femme mariée, qu'elle connaissait du nom d'Émilie Blanvin ?

- (Après avoir réfléchi) non... désolé... ce nom ne me dit rien... d'après mes fiches, elle avait quitté l'association depuis la mi-mars 2014. Peut-être a-t-elle connu cette femme plus tard...

- Quel motif vous a-t-elle d'ailleurs donné pour expliquer son départ ?

- C'était pas une grande bavarde. Elle n'était pas très bien dans sa tête semble-t-il.

- Elle a eu un épisode dépressif un mois après vous avoir quitté. Étiez au courant de cette grosse déprime ?

- Non... après qu'elle soit partie, on n'a plus eu de nouvelles de sa part pendant un bon moment, disons trois ou quatre mois.

Puis elle s'est remanifestée ponctuellement auprès d'une de nos adhérentes, du nom de Sophie Duarte, qui est malheureusement absente aujourd'hui…

- Une dernière question, madame Depinois, et je ne vous embête plus

- Je vous écoute…

- Si j'ai bien compris, elle n'était pas portée sur le sexe, elle n'était pas militante et elle n'était pas bavarde, qu'elle était donc son utilité dans votre association ?

- (Madame Depinois en souriant) Elle n'en avait pas… elle servait de plante verte… elle faisait nombre si vous préférez mais tous et toutes, on l'aimait bien, elle faisait un peu partie du décor… et sa mort par empoisonnement, au-delà de notre peine sincère, nous surprend grandement. Êtes-vous sûr qu'elle ne se soit pas suicidée ?

- C'est une éventualité… mais ce n'est pas la plus probable… (en se levant)… je vous remercie encore madame Depinois de m'avoir consacré quelques minutes de votre temps. Merci également de noter sur mon carnet le numéro de portable de Sophie Duarte et bonne fin de journée…

- (Madame Depinois en s'exécutant) Je vous en prie, monsieur l'inspecteur et bonne chance pour la suite de votre enquête…

18)   Gril

Le lundi 20 février qui suivit l'entretien avec madame Depinois fut consacré à interroger celle qui devenait désormais la principale suspecte dans le crime commandité d'Étretat. Émilie Blanvin fut accueillie par l'inspecteur Genevois qui lui présenta Florent Roland en lui précisant « Je crois que vous connaissez déjà l'inspecteur Romblet ? », ce que confirma Émilie Blanvin d'un léger signe de tête.

Cette dernière entra alors doucement dans le bureau de l'inspecteur Genevois et regarda un par un chacun des policiers qui lui faisaient face.

- (en souriant légèrement) Quel accueil ! tout ce monde pour moi toute seule...

- (Ce fut l'inspecteur Genevois qui lui répondit le premier) Bonjour madame Blanvin... oui, je vous confirme que nous sommes trois aujourd'hui pour vous entendre car nous avons effectivement pas mal de questions à vous poser...

- (En s'asseyant doucement) Eh bien je vous écoute messieurs...

- Cela fait plus d'une semaine qu'on a découvert chez elle le corps sans vie de votre amie, Aurélie Versois...

Comme vous devez le savoir, nous avons établi qu'elle était morte empoisonnée. Première question : qui vous a prévenu de ce meurtre ?

- Je ne parvenais pas à la joindre sur son portable… J'en ai déduit que quelque chose n'allait pas… En me rendant chez elle, lundi dernier matin, j'ai compris qu'il s'était passé quelque chose de grave. En bas de l'immeuble, un agent de police m'a confirmé que son appartement était interdit à toute entrée, sous scellés même. Ce planton m'a précisé qu'Aurélie était décédée par empoisonnement. J'en fus toute retournée…

- (Genevois) Vous avait-elle appelé le samedi après-midi…

- Oui, elle a tenté de me joindre à deux reprises, entre 17 heures et 17 heures 15. Elle m'a même laissé un message pour que je la rappelle…

- (Genevois) Et l'avez-vous fait ?

- Non… je n'étais pas chez moi… en outre, nous étions un peu en froid. Je la trouvais un peu trop collante ces derniers temps…

- (Romblet) Vous avez quand même essayé de la joindre lundi dernier…

- Oui… cela restait une bonne copine et j'ai été malgré tout un peu surprise qu'elle ne me rappelle pas dimanche…

- (Genevois) Pourquoi étiez-vous en froid ?

- Ces derniers temps, elle voulait qu'on se voie davantage mais c'était compliqué pour moi. Avec le décès de mon mari, il a fallu que je réorganise un peu ma vie. Avec David, nous avons modifié également pas mal de choses notamment dans la gouvernance de l'agence. Mon fils grandit également et doit faire un peu la connaissance de l'homme censé remplacer son père… bref, je n'étais plus aussi disponible pour Aurélie qu'elle l'aurait souhaitée…

- (Genevois) Madame Blanvin, si nous vous avons demandé de venir ce matin, c'est parce que la situation s'est un peu compliquée, notamment pour vous, depuis le décès de mademoiselle Versois.

- En quoi, monsieur l'inspecteur ?

- Nous avons établi que madame Versois a filmé par hasard un accident qui a entraîné la mort d'un garçonnet le 28 octobre dernier dans les rues de Fécamp… elle a filmé notamment la fuite du chauffard qui n'a pas cherché à secourir l'enfant…

- C'est bien triste comme événement… mais je ne vois pas en quoi je devrais me sentir concernée ?

- Le problème vient du fait que par la suite, mademoiselle Versois grâce à ce film, a exercé un chantage sur le chauffeur qui s'était enfui, un certain monsieur Descombres habitant lui-même à Fécamp.

- (Émilie Blanvin fronça les sourcils et ouvrit grand ses yeux) Elle a fait ça ??

- Oui, madame Blanvin… elle l'a fait !

- (Devant le silence des trois policiers qui la fixaient des yeux) Suggériez-vous que suite à un chantage qu'aurait exercé Aurélie sur ce monsieur Descombres, ce serait cet homme qui aurait poussé mon époux du haut de la falaise d'Étretat ?

- On ne peut rien vous cacher… ce n'est d'ailleurs pas une suggestion, c'est une vraie certitude… le meurtrier de votre époux l'a avoué dans une lettre confession juste avant de se suicider…

- Si ce que vous dites est vrai, ce qui m'étonne beaucoup, vous ne pensez tout de même pas que je connaissais l'existence de ce film ?

- Nous ne pensons rien du tout madame. Nous essayons simplement d'établir des faits et si vous le voulez bien, vous concernant, je vais vous rappeler ceux existants :

D'abord, vous êtes l'amie proche d'une personne qui a fait chanter un tiers pour obliger celui-ci à éliminer votre époux. Or madame Versois n'aimait certes pas votre mari mais de là à le faire assassiner ? Ensuite, vous êtes récemment devenue la maîtresse du principal collaborateur de feu votre époux, un collaborateur qui du fait de la mort de votre époux devient le nouveau patron de l'agence immobilière créée par monsieur Blanvin.

En marge de ce changement de propriétaire, vous devenez vous-même l'actionnaire principal de la société créée par votre époux.

Donc dans cette affaire, objectivement vos mobiles pour faire disparaître votre époux sont assez nombreux à la différence de mademoiselle Versois. C'est pourquoi nous vous soupçonnons d'être, en liaison avec cette dernière, non seulement la commanditaire de ce crime mais peut-être, également, la personne qui serait à l'origine du décès de votre amie...

(Madame Blanvin devenant soudain toute rouge) Mais vous êtes complétement fou ?! Je ne connais ni l'existence d'un film, ni ce monsieur Descombres et jamais je n'aurais empoisonné Aurélie... la violence me fait horreur... c'est ignoble de me dire cela...

- (Florent Roland prit la parole à son tour) Madame Blanvin, d'autres éléments entrent en ligne de compte dans ce dossier. Nous avons récupéré le portable de mademoiselle Versois dès le samedi 11 février dernier. Et savez-vous ce que nous avons trouvé ?

- Vous n'avez pas dû trouver grand-chose…

- (Roland) C'est parfaitement exact… vous avez tout effacé de vos conversations antérieures. Pourquoi avez-vous fait cela ?

- Mais ce n'est pas moi qui ai effacé nos messages antérieurs. C'est elle qui a fait ça début février. Sur le moment, je n'ai d'ailleurs pas très bien compris pourquoi. Cela dit, nos messages étaient particulièrement anodins… on faisait peu allusion à des personnes extérieures entre-nous… notamment ce monsieur Descombres que je ne connais absolument pas…

- (Roland) Voyez-vous, on aurait aimé à en juger par nous-même…

- (Romblet enchaina) Vous êtes-vous rendue récemment chez mademoiselle Versois ?

- (Assez énervée) Je crois que j'y suis passée il y a une quinzaine de jours…

- Vos visites chez elle étaient-elles fréquentes ?

- Non, depuis le décès de mon mari, je passais la voir une à deux fois par mois. Nos liens se distendaient, je vous l'ai déjà dit…

- (Genevois reprit la parole) Madame Blanvin, notre police scientifique a passé au peigne fin l'appartement d'Aurélie Versois et savez-vous ce qu'elle a trouvé ?

- (Émilie cachant mal une colère montante) Non, comment voulez-vous que je le sache…

- D'abord la certitude que mademoiselle Versois ne s'est pas suicidée. On a retrouvé du poison à l'intérieur de la bouteille de martini et non pas seulement dans son verre. Ensuite, on a bien identifié deux types d'empreintes. Celles de mademoiselle Versois et les vôtres…… uniquement les vôtres…

- Puisque je venais de temps en temps chez elle, c'est normal il me semble que vous retrouviez mes empreintes…

- (Romblet) On n'en a pas trouvé d'autres, madame Blanvin… or les moyens de la police scientifique sont désormais très sophistiqués…

- Je n'ai vraiment plus rien à dire à vos ridicules allégations…

- (L'inspecteur Roland enchaîna) La serrure de la porte de l'appartement de mademoiselle Versois était en bon état quand la police est entrée samedi dernier. Personne n'a donc forcé sa porte ni de l'extérieur, ni de l'intérieur. Disposiez-vous d'une clé pour entrer chez mademoiselle Versois ?

- (en hésitant une fraction de seconde) Bien sûr que non. Je sonne à sa porte…

- (Roland) Dans ce cas, pensez-vous qu'elle aurait ouvert sa porte à un inconnu ?

- Je n'en sais rien… quelqu'un peut toujours se faire passer pour un livreur…

- (Roland) Nous avons vérifié. Elle n'attendait aucune livraison de quoi que ce soit. Pensez-vous qu'elle aurait ouvert sa porte à un ou une inconnue ?

- (Émilie énervée) Non… bien sûr que non… je ne sais pas comment cela s'est passé…

- (Romblet enchaîna) Quand avez-vous vu mademoiselle Versois pour la dernière fois ?

- Pas le 11 février dernier en tous cas. J'étais chez monsieur du Plessis ce jour-là, en compagnie de mon fils…

- (Romblet insistant) Votre dernière visite à madame Versois ? Essayez de vous rappeler ?

- Je ne m'en souviens plus trop. Je dirais fin janvier... Il faudra que je regarde mon éphéméride chez moi…

- (Genevois reprit la parole) Madame Blanvin… Après l'assassinat de votre époux, votre amie Aurélie Versois vient également d'être éliminée. Ce n'est pas rien comme évènements exceptionnels. Nous avons perquisitionné chez elle. Selon ce qu'on a relevé, à part vous elle ne voyait que très peu de monde. Qui donc est venu chez elle verser, probablement avant le 11 février, un poison violent dans son martini ?

Et de quelle façon cette personne a pu entrer chez elle sans commettre la moindre effraction ? Répondez vous-même à ces deux questions et vous comprendrez pourquoi vous vous trouvez aujourd'hui devant nous…

- (Émilie tout émotionnée) mais je ne sais pas, moi. Je vous jure que je n'ai rien fait de mal à Aurélie ni à personne d'autre d'ailleurs. Je n'ai jamais voulu la mort de mon mari. C'est une histoire de fou… je ne suis pas une criminelle… (tremblante) vous allez m'arrêter ?

- (Genevois) Pas tout de suite, madame Blanvin. Certains points du dossier restent encore à éclaircir. Mais il n'est pas impossible que dans les jours à venir, une garde à vue s'avère nécessaire. On verra ce qu'en dira monsieur le procureur à ce sujet… d'ici-là, vous pouvez rentrer chez vous, prendre contact avec un avocat et rester naturellement à disposition de la police

- Alors… là… je peux partir… vous ne me retenez plus…

- (Genevois) A bientôt madame Blanvin…

19) Tout est possible

Dans cette affaire qui se soldait déjà par deux meurtres, un suicide et un accident mortel, l'inspecteur Genevois et ses adjoints se trouvaient désormais à la croisée des chemins. Ou ils plaçaient Émilie Blanvin en garde à vue tout de suite, prévenant ainsi une éventuelle fuite de sa part, ou ils se donnaient encore un peu de temps pour vérifier si d'autres scénarios étaient encore sur la table.

Vis-à-vis du commissaire Bordier et surtout de Jean-Charles Frankel, le procureur qui avait la responsabilité pénale du dossier, il fallait que Genevois se décide... et vite...

Le lendemain mardi 21 février, Genevois et ses adjoints se retrouvèrent une nouvelle fois chez le commissaire Bordier. Ce fut ce dernier qui entama les débats, d'une façon assez vive...

- Bien, messieurs, on détient désormais de nombreuses pièces du puzzle. D'une façon ou d'une autre, Émilie Blanvin est au cœur de cette affaire. Elle aurait fait éliminer son époux par l'intermédiaire d'un chantage sur ce pauvre Descombres. Puis voyant qu'Aurélie, jalouse de du Plessis allait s'écrouler, elle aurait empoisonné sa complice. Elle en avait les moyens, la possibilité et visiblement la volonté.

Selon moi, nous devons la mettre en garde à vue avant de l'inculper. Je ne vous cache pas que c'est la position de Frankel. Pourquoi as-tu bloqué le processus, Max ?

- Je ne bloque rien du tout. Je suis très près de penser la même chose que vous tous mais je souhaite préalablement à sa garde à vue vérifier quelques points particuliers

- (Bordier) Lesquels ?

- Revenons un peu en arrière. Le fait que ce soit Aurélie Versois qui ait filmé la scène de l'accident change pas mal de choses…

- (Bordier) A quoi penses-tu ?

- Cela innocente une partie du reliquat de nos suspects. Par exemple, le couple Marciniak. On ne voit pas Versois négocier un crime avec Céline dans le dos d'Émilie. Ça innocente également Manchin qui est un pervers sexuel alors que Versois n'est pas loin d'être frigide…

- (Romblet) Alors Max, qu'est-ce qu'on attend pour mettre Émilie en garde-à-vue ?

- (Genevois) Souvenez-vous, avec les mails de Descombres, on nous a sortis il y a quelque temps « Les Misérables » avec Jean Valjean. Eh, bien dans cette affaire relisez vos classiques messieurs.

Balzac a écrit également « Le Lys dans la vallée » une histoire d'amour intense et platonique entre deux personnes. Pour ma part, je suis persuadé qu'Aurélie ne cherchait pas une amante mais une présence apaisante que lui a donnée Émilie pendant quelques mois jusqu'à ce que…

- (Roland) … Émilie devienne amoureuse de du Plessis…

- (Bordier) Dites donc les gars, c'est bien beau la littérature française, mais même en admettant que les relations de ces deux femmes soient restées platoniques, Versois était sur le point de tout déballer…

- (Genevois reprit le cours de son raisonnement) Déballer quoi ? qu'elle n'était plus la peluche d'Émilie ? Allons plus loin… on en était à la question de savoir à qui d'autre pouvait profiter la disparition de Julien Blanvin, sachant que c'était Versois qui avait tourné le film ? Cherchez bien, messieurs… on en avait parlé au début de l'enquête…

- (Romblet) Tu penses à Venturi ?

- Bien sûr que je pense à lui. Il haïssait Blanvin depuis pas mal de temps…

- (Bordier) Mais Versois et Venturi ne se connaissaient pas… nos fiches n'ont rien décelé les concernant

- Si, messieurs… ils se connaissaient… et je dirais même mieux, ils se connaissaient très bien…

- (Bordier) Arrêtes de tourner autour du pot Max. Qu'est-ce que tu as trouvé ?

- Ces dernières nuits, j'ai lu, relu et rerelu tous ce que nos enquêtes avaient récupéré comme infos diverses et variées sur chacun de nos suspects et j'ai enfin trouvé avant-hier soir un lien entre Venturi et Versois

- (Bordier) Donne nous le, ton lien

- Le groupe hospitalier du Havre. Ils l'ont fréquenté en même temps. Attendez que je sorte mon carnet « Versois est restée hospitalisée un mois pour soigner une grosse dépression entre fin avril et fin mai 2014. Et Venturi est rentré au même hôpital courant mai 2014 pour se faire soigner une petite fracture de la jambe droite suite à un banal accident automobile. C'est d'ailleurs depuis cette époque qu'il boite bas »

- (Roland) D'accord, mais qui te dit qu'ils se sont fréquentés. Il est immense cet hôpital ?

- J'ai interrogé les infirmiers, les soignants, la cafétaria et à chaque fois, j'ai montré la photo de Venturi au cours de l'anniversaire de Blanvin et une photomaton de Versois que j'ai récupérée chez elle…

\- (Bordier) Et alors ?

\- Quelques personnes les ont à peu près identifiés, mais n'étant pas soignés au même endroit, ils n'ont pu établir de liens directs entre eux. Heureusement le gars de la cafétaria lui se souvenait très bien de ce couple circonstanciel « Un gars assez sûr de lui en béquilles qui parlait à une femme maigrichonne, aux traits tirés, à l'air triste… »

\- (Bordier) On était quand rappelles moi ?

\- Au printemps 2014

\- (Bordier) Et c'est tout ce que tu as trouvé ?

\- Non pas. À cette époque, disons quand Versois était en pleine déprime, j'ai regardé où elle en était au plan professionnel ?

\- (Bordier) Et alors ?

\- Alors, cela faisait six mois qu'elle était au chômage et qu'elle tirait le diable par la queue au point qu'elle ne payait plus régulièrement son loyer. D'ailleurs, elle a probablement quitté l'association des LGBT parce qu'elle n'avait plus les moyens de payer sa cotisation… En fait, elle était au bout du rouleau…

\- (Bordier) ah, je vois… c'est Venturi qui l'aurait sortie de la mouise…

\- Il a fait beaucoup mieux que cela.

Il lui a proposé un emploi de bibliothécaire de la ville du Havre pour la rentrée de septembre 2014 et pour faire bonne mesure un petit appartement à loyer très réduit en centre-ville. Un deux-pièces appartenant à la SEM du Havre, dans laquelle il fait la pluie et le beau temps. Un vrai père Noël...

- (Romblet) Il voulait se la payer ?

- Arrête... Aurélie Versois était une femme frigide et lui est probablement complétement impuissant. Tu parles d'un couple torride ?!

- (Romblet) Alors pourquoi tous ces cadeaux ?

- C'est là que mes certitudes commencent à devenir des suppositions.

Je pense que Venturi en avait marre que Blanvin le tienne avec ces histoires passées de pédophilie.

Il connaissait le couple Blanvin et est sans doute parti de l'idée que lui ou sa femme Émilie pourrait éventuellement se faire des cachotteries mutuelles. Il avait donc besoin de quelqu'un sur place pour lui rapporter comment se comportait le couple au quotidien. Il voulait tout bêtement disposer de davantage de billes contre Blanvin pour exercer un contre-chantage...

- (Roland) Comment Venturi a su qu'Émilie Blanvin fréquentait la bibliothèque de la ville ?

- J'en sais rien. Il l'a peut-être fait suivre. Tiens, c'est une bonne question.

Vois les privés du Havre pour leur demander si Venturi a fait suivre Émilie Blanvin début 2014 et fonce dans le tas quand ils te parleront du secret professionnel. Dis-leur qu'il y a résolution possible de meurtres à la clé…

- (Bordier) Ok max… admettons que Venturi ait introduit une « indic » dans le couple Blanvin et après ?

- Pendant deux ans, il ne se passe rien sauf qu'Aurélie devient effectivement la grande copine d'Émilie. L'une, Aurélie, est androgyne sentimentale et tourmentée. L'autre, Émilie, est diaphane, alanguie et rêveuse et puis soudain coup de théâtre Aurélie se trouve fortuitement à Fécamp le jour J, le jour où Descombres tue le gosse…

Elle tourne le film et le montre à Venturi, celui qui tire les ficelles de la marionnette Aurélie…

- (Bordier) Continue Max, tu commences à m'intéresser…

- On connaît la suite. Venturi trouve enfin le moyen de se débarrasser de Blanvin… et même de façon définitive. Il fait chanter Descombres, bien obligé de tuer Blanvin pour que le film de sa fuite ne se retrouve pas sur le bureau de la police de Fécamp… naissance de monsieur Tavernier !

Mais, patatras, ce que n'avait pas prévu Venturi, c'est que Descombres finisse par se suicider.

Le risque qu'Aurélie se fasse identifier par la police devenant alors trop grand. Ce qui s'est d'ailleurs produit. Dès lors, Venturi devait revoir complétement son plan.

C'est ce qu'il a fait en mettant en œuvre une action faisant d'une pierre, deux coups

L'action, c'est d'empoisonner discrètement sa complice Aurélie Versois. Les conséquences sont doublement fâcheuses pour Émilie Blanvin. C'est elle qui deviendrait à la fois la principale organisatrice du meurtre de son époux et l'empoisonneuse de sa complice, qu'elle soupçonnait de vouloir tout dire à la police.

- (Bordier) : Dis donc, ce qui ressort de ces suppositions c'est que tu as du mal à admettre qu'in fine Émilie soit la coupable…

- Non, Pierre. Tant que je n'aurais pas trouvé la preuve matérielle que Venturi est celui qui a tout tramé depuis le début, je resterai circonspect concernant Émilie…

- (Romblet) Moi, ce que je vois surtout, c'est que tu t'amuses un peu à souffler le chaud et le froid dans cette affaire ?

- Non, ce n'est pas ça… quand Émilie nous pleure son innocence, reconnaissez qu'elle est convaincante ? (les autres acquiescent des yeux)

En plus, elle est agréable à regarder et nous les hommes on fond assez facilement devant une jolie femme semblant faible et sans défense…

- (Bordier) T'as fondu Max ?

- Non, je ne crois pas. Elle a fait du théâtre amateur dans sa jeunesse – j'ai vérifié – et elle dévore des livres où la passion sentimentale est exacerbée.

Personne – pas même moi qui l'ai rencontré plusieurs fois – sait qui est vraiment Émilie Blanvin. Un ange ou un démon selon la formule consacrée. À l'inverse, tout ce que j'ai raconté sur la rencontre Venturi-Versois à l'hôpital et sur ses bienfaits envers Aurélie est vrai mais n'importe quel avocat pourra retourner la situation à l'avantage de Venturi.

Prenez l'exemple de ce dernier, ayant pitié à l'hôpital, d'une pauvre fille complétement paumée à deux doigts de se suicider. Il lui trouve un logement pas trop cher et surtout pas trop loin d'un boulot de bibliothécaire qu'il lui propose. Pour un peu, ce serait presque de l'électoralisme social. Après tout un poste était sûrement vacant à la Bibliothèque et Aurélie avait une licence de Lettres.

En revanche, quand je vous ai dit qu'il lui avait demandé de surveiller les faits et gestes du couple

Blanvin, je n'ai strictement aucune preuve de ce que j'avance.

On n'a trouvé aucune correspondance entre eux dans l'appartement fouillé d'Aurélie. S'ils communiquaient c'était forcément via leurs portables et en crypté. Les messages n'existent sans doute plus depuis belle lurette. Dès lors et comme je vous l'ai dit tout à l'heure « le fait que je suppose que… » ne vaut pas grand-chose en droit pénal…

- (Bordier) De tes deux scénarios, lequel a malgré tout ta préférence ?

- Est-ce que cela a tant d'importance que cela ? Au stade où l'on en est arrivé, il s'agit maintenant de trouver des preuves pour étayer chacun des deux scénarios qui sont sur la table. Il est donc temps que j'interroge sérieusement monsieur Venturi ?

- (Bordier) J'espère que tu l'as convoqué pour bientôt car le temps presse. Frankel commence vraiment à s'impatienter… il est sur moi…

- Dis-lui que ça ne serait pas une bonne chose pour son image qu'on mette trop tôt Émilie Blanvin en garde à vue. Si la police se plante, il sera lui-même éclaboussé… dis-lui que tout devrait être fini avant le 15 mars prochain…

- Bien, Max… c'est parce que c'est toi et que tu as l'air de savoir où tu vas…

20) Frôlements

Le mercredi 22 février eut lieu une perquisition en bonne et due forme au domicile d'Émilie Blanvin, en sa présence naturellement. Les inspecteurs Romblet et Roland, spécialistes du genre, avaient été mobilisés pour l'occasion.

Ils restèrent trois heures à l'issue desquelles ils emportèrent le PC familial. On demanda à madame Blanvin d'aider la police en fournissant tous les mots de passe appropriés, ce qu'elle fit avec une légère pointe de dédain que les policiers notèrent au passage.

L'appartement était vaste, meublé avec goût et particulièrement bien rangé. Madame Blanvin ayant été informée préalablement du jour de la perquisition, chaque chose était à sa place et rien ne traînait, y compris dans la chambre du petit Jonathan.

Bien que ne travaillant pas et toujours officiellement seule, madame Blanvin se faisait aider d'une personne qui venait une fois par semaine faire son ménage et son repassage. Sans rien lui demander, les inspecteurs cherchèrent un bon moment si un double du trousseau de clefs d'Aurélie Versois se trouvait sur place, sans succès. Ils se décidèrent alors à lui en parler directement.

- Madame Blanvin, étant donné votre proximité avec mademoiselle Versois, nous vous reposons la question. Possédez-vous oui ou non un double de ses clés d'appartement ? »

À leur grande surprise, madame Blanvin leur fit une réponse plus nuancée que lors de l'interrogatoire musclé du 20 février.

- Dès lors qu'Aurélie possédait trois trousseaux de clés, elle me l'a souvent proposé, mais j'ai toujours refusé. Je trouvais cette proposition un peu ambiguë, à la limite d'une proposition coupable... D'ailleurs, constatez-le par vous-même. Voici le tableau de mes clés. Il est parfaitement visible. Vous constaterez que le trousseau d'Aurélie n'y figure pas...

- Si elle désirait que vous possédiez ses clés, c'est qu'elle voulait vivre avec vous. Vous saviez donc qu'elle était très amoureuse ?

- C'est vous qui le dites. Nous entretenions des relations purement amicales. Quand elle n'était pas d'humeur triste, c'était une personne très intéressante, très humaine... Ses clés ? un simple symbole de proximité... parfois, elle voulait être ma sœur de lait...

Les inspecteurs n'insistèrent pas. Ils passèrent encore un bon moment dans le box de la cave des

Blanvin qui était assez bien rangé. Ils cherchèrent naturellement si de l'aconit se trouvait stocké dans le moindre réduit existant… sans succès…

Dans les jours qui suivirent cette perquisition qui n'avait rien apporté de nouveau sinon quelques photos de fêtes familiales histoire de ne pas rentrer complétement bredouille, Genevois et son équipe se retournèrent de nouveau vers le cas Venturi.

Il fallait, impérativement, trouver quelque chose de solide contre lui sinon le dossier passerait tel quel entre les mains de la Justice. Cependant, le commissaire Bordier hésitait encore à parler à Frankel du cas Venturi. C'était un adjoint au maire quand même. Il fallait mettre sur la table du procureur autre chose que des raisonnements à la Hercule Poirot.

D'autant qu'on continuait de ne pas trouver grand-chose. L'inspecteur Romblet avait déjà téléphoné aux cinq agences de recherches privées de la ville. Oui ou non, monsieur Venturi avait-il fait suivre madame Blanvin au printemps 2014 ? Sans réelle surprise, les réponses furent toutes négatives. La police devait bien se douter qu'un édile de la ville ne pouvait se compromettre dans une telle enquête. Il aurait joué sans coup férir sa carrière locale.

Les enquêteurs montrèrent ensuite la photo de l'anniversaire de Blanvin à tous les habitants de l'immeuble où habitait Versois. La question posée fut toujours la même « avez-vous rencontré descendant ou montant les escaliers, ou encore dans l'ascenseur, l'une des personnes figurant sur cette photo dans la première dizaine de février 2017 ? »

Il n'y avait qu'une vingtaine d'appartements dans l'immeuble concerné et Aurélie habitait au second étage.

Les réponses furent toutes négatives sauf une… un tout petit rayon de soleil dans cette fin d'hiver 2017. Qui s'était donc senti concerné par la question posée par la police à tous les pas de porte ? un monsieur déjà âgé qui avait bien regardé la photo générale et qui s'était attardé sur celle de Venturi. Après avoir hésité quelques secondes ce témoin finit par se lancer.

- Écoutez, effectivement dans la seconde semaine de février, j'ai croisé un homme dans l'escalier qui descendait assez rapidement et qui pourrait être cette personne en montrant Venturi

- Vous le reconnaissez ou pas ?

- Ce n'est pas si simple. Il portait un feutre qui cachait ses cheveux, un manteau noir dont il avait relevé le col et comme il toussait un peu, il avait également remonté son foulard de soie au niveau de son bas de visage.

Un foulard bleuté avec des dessins blancs assez originaux. Ah oui, il portait des gants également.

- Comment pouvez-vous l'identifier alors ?

- Par les yeux… ce sont à peu près les mêmes que ceux que l'on voit sur cette photo

- Vous reconnaîtriez ce foulard ou ce feutre ?

- Oui, je pense… c'est récent…

- Les autres hommes sur cette photo ?... celui-là par exemple ou cet autre ? (en montrant Manchin puis du Plessis)... non ?

- Désolé… je dirais non…

- Quel jour était-ce ? et quelle heure était-il ?

- De mémoire, le mercredi 8 février vers 10h30 du matin…

- Vous avez de la mémoire vous ! Cet homme boitait-il ?

- Impossible à dire. Il ne marchait pas, il descendait l'escalier. Cela dit, je n'ai pas remarqué qu'il semblait gêné pour descendre

- Est-ce que vous avez revu cet homme dans l'immeuble par la suite ?

- Non…

Ce témoignage était assez intéressant en ce qu'il indiquait qu'un homme et non une femme pouvait avoir quitté l'immeuble d'Aurélie très peu de temps avant le décès de celle-ci.

Pour bien faire leur travail jusqu'au bout, les policiers rencontrèrent une seconde fois l'ensemble des locataires pour leur demander s'ils pouvaient avoir reçu le jour J et à l'heure concernée une personne enrhumée portant un manteau noir et un feutre. Cette quête fut d'autant plus infructueuse que les 2/3 des locataires étaient absents dans ce créneau horaire ce jour-là.

21) Rebondissement

Les dernières vérifications faites par la police du Havre concernant l'affaire Blanvin-Versois ne furent pas du tout à la hauteur de ce qu'elle en attendait.

On avait pris contact avec les personnes figurant sur le carnet d'Aurélie Versois et qu'est-ce qu'on avait trouvé ? Le responsable de la Bibliothèque et une collègue de travail, une copine de tai-chi qui habitait Fécamp, le syndic de l'immeuble, un contact avec la SEM et enfin Sophie Duarte qu'elle avait connue quand Aurélie faisait acte de présence chez les LGBT.

Pour la forme, on avait téléphoné à tout ce petit monde. Deux des personnes appelées furent même surprises de l'être tant elles n'avaient jamais eu le moindre contact avec Aurélie Versois. C'était le cas du syndic de l'immeuble et du correspondant de la SEM. Ses collègues à la Bibliothèque avaient surtout vanté sa discrétion à la limite de l'effacement. Sa copine de tai-chi, une certaine Stéphanie Vernon, avait précisé qu'elles ne se voyaient qu'à l'occasion de leurs séances de gymnastique chinoise. Quant à Sophie Duarte, elle avait précisé qu'elle ne s'appelait plus depuis six mois.

« Une fille trop névrosée… » avait-elle même fini par lâcher à Romblet.

Sans surprise non plus l'examen détaillé du portable d'Aurélie Versois fut décevant à plusieurs titres. D'abord dès lors que les messages avec Émilie Blanvin avaient été effacés, le reste de ses communications était assez pauvre. Quelques liaisons avec sa collègue de bureau, deux SMS à son père, d'anciens textos avec Sophie Duarte, quelques contacts téléphoniques avec Stéphanie Vernon pour des rendez-vous communs, des demandes de renseignements auprès de la ville du Havre, de commerçants… mais pas le moindre lien avec Laurent Venturi. C'en était même très surprenant tant cet homme s'était occupé d'elle après sa sortie de l'hôpital…

Les policiers ne furent pas plus heureux en décortiquant le contenu du PC d'Émilie Blanvin. D'une part, cela se voyait que c'était l'ancien appareil de son mari. Tout ou presque continuait de s'y rapporter et les informations recueillies étaient essentiellement d'ordre professionnel. Émilie Blanvin avait bien une boîte mail mais visiblement elle ne l'utilisait que pour des rendez-vous bien précis, docteur, coiffeur, boutiques diverses… Là encore, il n'était pas difficile d'observer qu'elle avait effacé l'ensemble des emails qu'elle avait régulièrement échangés avec son ancienne amie.

Par téléphone, quand on lui en fit la remarque, Émilie précisa qu'Aurélie n'ayant pas de PC, elles avaient pris l'habitude de correspondre uniquement via la téléphonie de WhatsApp.

Enfin, dernière désillusion – plus attendue celle-ci - le lundi 27 février, la police perquisitionna le domicile de du Plessis. Comme les enquêteurs ne savaient pas trop ce qu'ils recherchaient, ils ne furent pas trop déçus de ne rien trouver. Pas de trousseau de clefs, pas d'aconit, pas de lettres ni de photos compromettantes. On lui demanda de montrer ses mails via internet et son portable, ce qu'il fit bien volontiers et on ne trouva rien de suspect ni pour lui, ni pour Émilie, ni pour personne d'ailleurs…

Cela dit, les policiers sur place ressentirent à quel point, avec les technologies actuelles, il était facile de tout faire disparaître sans laisser la moindre trace. Bref, si on ne trouvait pas quelque chose de vraiment compromettant pour Venturi, Émilie Blanvin avait désormais toutes les chances d'être présentée devant un juge.

Ce fut le mercredi 1er mars que monsieur Venturi se rendit au commissariat du Havre à l'invitation de l'inspecteur Genevois. Comme lors du récent entretien avec madame Blanvin, ses deux collègues Romblet et Roland étaient également présents à cette réunion.

Après les salutations d'usage, l'inspecteur Genevois commença ce qu'il faut bien appeler un interrogatoire en règle malgré le statut de la personne interrogée.

- Bien, monsieur Venturi. Si vous êtes aujourd'hui devant nous, c'est qu'un certain nombre de points concernant l'affaire Blanvin restent encore en suspens...

- J'avoue monsieur l'inspecteur que je ne vois pas très bien ce que je fais devant vous. J'ai déjà dit à votre collègue ici présent, monsieur Roland je crois (ce dernier opina des yeux) que j'étais en pleine réunion municipale le 24 novembre dernier. Dès lors selon moi tout était dit...

- De votre point de vue c'est possible, mais l'affaire a évolué depuis et nous souhaitons vérifier avec vous quelques points qui nous semblent importants.

- Dans ce cas, je vous écoute...

- D'abord, nous avons une nouvelle importante à vous communiquer. Nous avons retrouvé l'homme qui a poussé monsieur Blanvin dans le vide le 24 novembre dernier...

- Ah oui... très bien, vous avez fait du bon travail... et alors ? c'est qui ?

- Un dénommé Jean-Pierre Descombres, un petit artisan en peinture qui exerçait à Fécamp

- Il n'est plus sur Fécamp ?

- Si... mais il peint au ciel désormais. Il s'est suicidé le 12 janvier dernier, chez lui, à Fécamp justement...

- Suicidé vous dites ?... vous a-t-il laissé le temps de savoir pourquoi il a poussé Blanvin ?

- Parce que quelqu'un le faisait chanter et c'est justement cette personne que nous recherchons...

- Et vous pensez que je peux vous aider ?

- C'est ce que nous allons essayer de voir dès maintenant

- Bon... dans ce cas, je vous écoute... j'avoue avoir du mal à vous suivre mais je vous écoute...

- Êtes-vous informé que parallèlement à cette affaire mademoiselle Versois a été retrouvée morte empoisonnée le 11 février dernier dans son appartement ?

- Oui... j'ai su assez rapidement cette nouvelle... cela m'a bouleversé...

- Oui, c'est naturel. C'est une personne que vous aviez vue au dernier anniversaire de monsieur Blanvin...

- Oui, je me suis souvenue d'elle. Une jolie fille à l'air triste cependant

- Vous ne l'aviez jamais vue auparavant ?

- Pourquoi me posez-vous cette question ?

- Parce que je sais que vous vous êtes connus à l'hôpital du Havre dans la deuxième quinzaine de mai, en 2014…

- Puisque vous le saviez, pourquoi m'avoir posé la question ?

- Je voulais savoir si vous mentiriez et je n'ai pas été déçu…

- Hola monsieur l'inspecteur. Ne faites pas d'amalgame. Je l'ai connue brièvement à cette époque et puis je l'ai revue chez Blanvin, c'est tout…

- Eh non, monsieur Venturi, ce n'est pas tout. Vous vous êtes montré très prodigue avec la petite Versois. Un appartement en centre-ville et un boulot de bibliothécaire. Je ne savais pas que vous étiez maire-adjoint en charge des affaires sociales…

- Vous savez ça aussi…

- Eh oui, monsieur Venturi… On est même payé pour cela… Sérieusement, pourquoi vous êtes vous pris de passion pour cette fille qui était complétement paumée à cette époque ?

- Si je vous le disais, vous ne me croiriez pas

- Dites toujours, on est habitué à en entendre de pas mal vous savez…

- Bien qu'elle avait l'air défaite, elle restait jolie. Quant à moi, suite aux différents traitements que j'avais subi pour soigner mes problèmes sexuels, je suis resté, comment dire, complétement inactif pendant une trentaine d'années. Vous voyez ce que je veux dire ? je me suis dit alors « Pourquoi pas réessayer avec elle ? »

- Et alors ?

- Ça ne s'est pas du tout passé comme je le pensais…

- Ce qui veut dire ?

- Elle a pleuré quand je lui en ai parlé. Quand elle a compris que le logement et le boulot, c'était en contrepartie de ses faveurs, elle a eu un air tellement triste, tellement abattu qu'elle m'a vraiment touché. Je me suis alors excusé de lui avoir fait cette proposition pas très glorieuse, il est vrai…

- Et vous lui avez cependant accordé appartement et boulot…

- Oui. Je ne suis pas un salaud monsieur l'inspecteur. Elle était vraiment au fond du trou à cette époque. En outre, il ne faut rien exagérer. Elle paye un loyer…

- (Romblet) Pourquoi ne pas être allé voir des professionnelles, monsieur Venturi ?

- J'y ai longtemps pensé, mais j'avais fini par y renoncer et ce pour certaines raisons, monsieur l'inspecteur.

- (Romblet) Lesquelles ?

- D'abord, je ne savais pas si j'étais capable moi-même d'être normal sur le sujet. Et je ne voulais pas paraître minable devant une fille de joie. Ensuite et surtout un édile doit éviter ce genre de publicité. Si ça s'était su, je pouvais dire au revoir à ma carrière d'adjoint au maire...

- (Genevois reprit la parole) Eh bien justement parlons-en de votre carrière d'édile...

- (Venturi intrigué) Oui, je vous écoute...

- J'ai regardé les organigrammes de la mairie. Dois-je vous rappeler que vous êtes actuellement le président en titre de la principale SEM du Havre... société propriétaire entre autres de l'appartement où vivait mademoiselle Versois.

- Oui... et alors ?

- Mademoiselle Versois est soupçonnée d'être la complice de celle ou de celui qui a fait chanter Descombres pour que ce dernier pousse Blanvin de la falaise

- Ah bon... mais je ne vois toujours pas...

- Le maître chanteur et la personne qui ont empoisonné mademoiselle Versois sont très probablement une seule et même personne. C'est cette personne-là qu'on recherche activement, depuis plusieurs semaines…

- (Venturi, l'air incrédule) Tout ça, c'est bien possible, mais je ne vois toujours pas en quoi…

- (Genevois un poil agacé). Celui qui a empoisonné mademoiselle Versois est entrée sans difficulté par sa porte d'entrée, sans la fracturer… et pour cause, l'assassin possédait le 3ème trousseau !! Savez-vous combien de trousseaux de clés cette société attribue normalement à ses locataires ?

- En principe trois, monsieur l'inspecteur…

- Je ne vous le fais pas dire. Mais dans le cas qui nous intéresse, lorsque nous avons perquisitionné l'appartement de mademoiselle Versois le 15 février dernier, nous n'en avons retrouvé que deux !!

- Qu'est-ce que j'y peux ?

- Nous avons longtemps pensé que c'était Émilie Blanvin qui possédait ce troisième trousseau mais elle nous a certifié qu'il n'a jamais été en sa possession.

- C'est bien possible mais si vous pensez que j'ai pu détenir ce trousseau, je vous le dis sans ambages. C'est faux… entièrement faux…

- Avez-vous continué d'entretenir des relations avec mademoiselle Versois ?

- Strictement aucune. Après ma tentative ratée auprès d'elle, j'ai été tellement honteux de moi-même que je n'ai plus cherché à la voir, ne serait-ce qu'une seule fois…

- Vous l'avez quand même revu chez Blanvin fin novembre 2016 ?

- C'est exactement cela… nous avons d'ailleurs été très gênés tous les deux. Je lui ai demandé si ça allait mieux. Elle m'a répondu que oui, ça pouvait aller, puis n'ayant plus rien à se dire, on a vaqué dans l'appartement des Blanvin en attendant la fin…

- (Roland) Monsieur Venturi, pouvez-vous nous dire ce qui s'est passé entre vous et monsieur Blanvin lors de l'anniversaire précédent, celui de novembre 2015 où vous étiez déjà présent ?

- Décidément, on ne peut rien vous cacher… on vous a également rapporté cet incident entre nous. En fait, ce fut bref. Je lui demandais tout bas de bien vouloir espacer ses visites à la mairie, que ses entrées tonitruantes me nuisaient et faisaient jaser…

- Et alors ?

- On a dû vous dire, puisque visiblement tout le monde rapporte, qu'il m'a envoyé paître…

grossièrement d'ailleurs… et vous savez très bien pourquoi puisque je m'en suis déjà expliqué avec vous-même début février

- (Genevois reprit la parole)… Monsieur Venturi, nous vous avons bien écouté. Tout ce que vous venez de nous raconter est parfaitement plausible mais nous allons continuer de chercher ce fameux trousseau de clés qui est le point sensible du dossier. Gare à vous si nous apprenons que c'est vous qui l'avez récupéré pour je ne sais quelle raison… En attendant, vous pouvez rentrer chez vous. La police n'a rien contre vous… pour l'instant du moins…

- Puis-je me permettre de rajouter quelque chose qui pourrait s'avérer utile à votre enquête ?

- (Genevois intéressé) Naturellement, nous vous écoutons

- La fameuse journée du dimanche 20 novembre de l'année dernière, à la journée anniversaire de Blanvin, tout le monde est parti vers 19h30… on s'est tous retrouvés vers le pallier d'entrée côté intérieur dans un certain brouhaha. Chacun prenait vestes et manteaux en parlant assez fort… l'alcool faisait son effet…

- Oui et alors ?

- J'étais légèrement en retrait et j'attendais que nous soyons un peu moins nombreux sur le pallier pour récupérer mes affaires quand j'ai vu un trousseau de clés tombé par terre aux pieds de monsieur Manchin…

- Vous avez reconnu ce trousseau ?

- On peut toujours se tromper naturellement, mais je jurerais que c'était le trousseau que vous cherchez. Il possède quatre clés, celle du portail extérieur, au cas où l'on ne se souviendrait plus du code extérieur, celle plus grande de la porte de l'appartement, celle du box de la cave et celle toute petite de la boîte aux lettres. L'accès au garage se faisant uniquement par un beeper.

- Vous dites que vous avez reconnu ce trousseau. Comment pouvez-vous être si affirmatif ?

- A cause du porte-clés. C'est celui de la SEM. Il est particulier avec un design un peu alambiqué rouge et bleu

- Qu'est-ce qui s'est passé ensuite ?

- Je l'ai signalé à monsieur Manchin, qui l'a ramassé en continuant de discuter. Puis monsieur Blanvin m'a parlé et j'ai tourné la tête vers lui. Je ne sais donc pas précisément ce qui s'est passé par la suite et notamment si monsieur Manchin a conservé ce trousseau ou s'il l'a rendu à sa légitime propriétaire, en l'occurrence madame Versois.

22)   La dernière marche

Le lendemain de cet interrogatoire, Genevois ne passa pas, comme il avait l'habitude de le faire, au commissariat. La veille, après avoir procédé à l'audition de Venturi, il avait fait savoir au commissaire Bordier et à ses adjoints qu'il resterait une grande partie de la journée chez lui, en compagnie d'ailleurs de son épouse, Florence, travaillant à mi-temps comme puéricultrice.

Il avait donné ses raisons. Il voulait rester au calme une matinée entière pour rassembler ses idées sur cette enquête qui lui donnait tant de fils à retordre.

Des éléments, il en avait à foison… Entre les trois perquisitions, les procès-verbaux des multiples auditions au commissariat ou chez les suspects, les conclusions de la police scientifique, les témoignages annexes, les diverses et utiles recherches des services administratifs de la police…

Tout y était… étalé devant lui sur sa table ou bien ancré dans sa mémoire. Cette enquête, il l'avait déroulée dans sa tête de nombreuses fois. Il avait échafaudé de très nombreuses combinaisons, tenu compte systématiquement des faits, de certaines probabilités également, écarté les trop grosses invraisemblances…

Qui était le coupable de ce double crime ? Car ne nous y trompons pas. Le premier meurtre avait été réalisé par procuration mais il s'agissait bien d'un crime pensé, organisé et même exécuté de main de maître… le second, pour atroce qu'il fut, était plus classique.

Les noms tournaient dans sa tête… la belle Émilie et son petit minois mutin se considérant si éloignée de ces vulgaires calculs… le froid David, imperturbable et terriblement ambitieux… l'ambigu et mielleux Manchin, pervers à ses heures et financièrement aux abois, le rusé Venturi, si faussement désolé mais tellement heureux de s'être débarrassé de cette sangsue de Julien Blanvin, les époux Marciniak, sorte de « Thénardier » modernes, jaloux de la réussite des autres et surtout de celle du « beauf » honni…

L'inspecteur Genevois lut, relut, biffa, annota, compulsa, visionna et soudain, après un bref temps d'arrêt, se leva brusquement.

- Florence, ne m'attends pas ce midi. Il faut que je voie, une dernière fois, certains témoins…

- Tu penses avoir trouvé ?

- Je crois bien que oui…

- Et tu pourras le prouver ?

- Oui, ma Flo…

- Dis-moi vite ?

- Non… Je ne veux pas vendre… tu connais la suite. Je ne suis sûr de moi qu'à 80%. Les 20% restants dépendront des réponses de certains témoins.

- Oh, là, là… t'es pas sympa…

- A ce soir ma belle. Je t'embrasse très fort…

Et de fait, durant toute l'après-midi qui suivit, l'inspecteur Genevois rencontra trois témoins clés, les interrogea… et fut enfin édifié ! Vers 18 heures, il rentra au commissariat et se rendit directement au bureau du commissaire Bordier. En passant il ramena avec lui ses deux collègues qui l'avaient tant aidé pour y voir plus clair dans ce dossier si compliqué…

- Ça y est messieurs, je crois qu'on y est…

- (Bordier) T'as intérêt à avoir des billes, Max. Frankel exige désormais que l'on mette Émilie en garde à vue dès demain matin…

- Ce ne sera pas nécessaire et je vous dirai pourquoi tout à l'heure…

- (Bordier se calant dans son fauteuil) Installez-vous les gars. C'est l'heure de Colombo…

- Tout d'abord et à propos d'Émilie je vous confirme qu' elle nous a bien menti quand elle nous a dit qu'elle n'avait pas accepté de récupérer le troisième trousseau d'Aurélie Versois. Il était bien chez elle, du moins jusqu'au 20 novembre 2016, date anniversaire de Blanvin.

- (Romblet) Pourquoi nous a-t-elle menti ?

- D'une part, parce que c'est probablement Versois qui l'a accroché de force surs le tableau des clés d'Émilie, qui n'en avait nul besoin et qui n'était pas demandeuse…

- Comment le sais-tu ?

- J'ai récupéré un extrait de l'un des messages téléphonés échangés entre du Plessis et Émilie qui est sans équivoque. Je l'ai retranscrit. Émilie parle la première « ça lui fait tellement plaisir… » David « elle n'est vraiment pas nette ton Aurélie… » Émilie « mais non… c'est important pour elle… T'es un mec, tu ne peux pas comprendre… » Lui « ne lui donne pas les tiennes en tous cas, sinon elle va s'installer chez toi… comme un tanguy » la suite a disparu…

- (Roland) ça ne nous dit pas pourquoi elle nous a menti à ce sujet quand on a perquisitionné chez elle ?

- C'est vrai. Mais il faut se mettre à sa place. On venait de lui dire que la police constatait qu'elle était désormais débarrassée de son encombrant mari, que son amant reprenait l'affaire avec elle, que celle qui pourrait être sa complice dans la lettre à Descombres venait d'être empoisonnée et enfin qu'on avait retrouvé ses empreintes un peu partout dans l'appartement d'Aurélie. Et vous voudriez qu'en plus elle vous avoue qu'elle pouvait entrer et sortir chez cette dernière aussi facilement que dans un moulin ? Comme le trousseau avait réellement disparu, elle a préféré vous dire qu'elle ne l'avait jamais eu. C'était peut-être maladroit de sa part, mais au moins ça peut se comprendre…

- (Bordier) Bien. On lui a donc volé le fameux trousseau. Qui lui a piqué et quand d'ailleurs ?

- Le vol s'est fait le 20 novembre 2016, lors de l'anniversaire de Blanvin. J'ai reçu Venturi hier en compagnie de Pierre et Florent. En soirée, au moment du départ de la fête, il a entr'aperçu le trousseau en question qui était par terre. Puis son attention a été détournée après que Manchin ait ramassé le trousseau.

- (Bordier) Ce serait Manchin le coupable ?

- Attends… un peu de suspense que diable. Tout à l'heure j'ai vu ce dernier à son agence. Il se souvenait très bien de cet épisode. En fait, il ne savait pas à qui était le trousseau. Il l'a montré à Verlant, le gars des Bateaux Andrieu, qui n'était pas plus concerné avant que…

- (Bordier) Alors qui l'a pris ce fichu trousseau ?

- Céline Marciniak !! J'en ai eu la confirmation à la fois de Manchin que j'ai vu cet après-midi et de Verlant, à qui j'ai téléphoné tout à l'heure pour avoir confirmation des propos de Manchin…

- (Romblet) Marciniak leur a dit quelque chose à ce sujet ?

- Un truc du genre « oh, excusez-moi, je suis maladroite, j'ai fait tomber mes clés… merci bien messieurs… »

- (Bordier) ok, le 20 novembre 2016, elle possédait les clefs de l'appartement d'Aurélie Versois… mais pourquoi faire Max ? À cette date, Julien Blanvin n'était même pas mort…

- J'y viendrai tout à l'heure… passons maintenant au chantage exercé soi-disant par le couple Émilie-Aurélie sur ce pauvre Descombres. En fait, jusqu'à présent, on était parti de l'idée, moi le premier que c'était Versois qui avait tourné le film de la fuite de Descombres.

- (Roland surpris) ce n'est pas elle ? P… mais tu n'as pas dormi de la nuit…

- Pas beaucoup, non… eh oui, les gars, la réalisatrice du film n'est pas Versois mais quelqu'un d'autre et en plus je peux le prouver... ce film, je le connais par cœur…

Je l'ai visionné des dizaines de fois et j'ai enfin trouvé ce que je cherchais… le film dure une trentaine de secondes. Les premières images sont centrées d'abord vers le conducteur complétement ébahi, puis la camionnette embraie pour tourner à gauche. Et au moment de tourner, on voit clairement sur la carrosserie latérale l'inscription « Entreprise de peinture Descombres » floquée en noir sur fond blanc.

Puis la camionnette s'en va rapidement tandis que le film montre avec une netteté décroissante le numéro de sa plaque jusqu'à ce qu'il disparaisse au loin. Il reste alors trois secondes de film. On a encore le temps de voir de dos quatre personnes agenouillées près de l'enfant, puis dans la dernière seconde, la personne qui filme remonte son appareil vers trois personnes debout avant que le film ne s'arrête brutalement.

- (Bordier) Et alors Max ?

- Alors, j'ai bloqué le film sur la dernière seconde, j'ai agrandi l'image au maximum et j'ai découvert que l'une des trois personnes qui se tenaient debout n'était autre qu'Aurélie Versois elle-même portant en bandoulière un petit sac de sport.

- (Bordier) T'es sûr ?

- Plus que sûr. Le visage est certes un peu flou mais je lui ai déjà vu porter le même manteau et ce petit béret vert si caractéristique.

Je suis allé en coup de vent cet après-midi chez elle et j'ai retrouvé à la fois manteau, béret et sac de sport... c'était bien elle... sans la moindre hésitation. Les scientifiques le confirmeront bientôt à la loupe électronique...

- (Romblet) Comment ça se fait qu'on n'ait rien vu ?

- Parce qu'à vitesse normale, c'est indécelable, ça va trop vite, c'est du quasi-instantané... pour discerner quoi que ce soit, il faut décomposer le film image par image et on n'avait pas de raison de le faire... surtout à la dernière seconde...

- (Bordier) C'est donc Céline Marciniak qui a réalisé le film... et c'est donc le couple qui aurait fait chanter Descombres pour assouvir sa haine de Blanvin. Mais ce couple fort sympathique savait-il qu'Aurélie Versois se trouvait fortuitement sur place ?

- Oui. Céline, sans être vue elle-même, avait entr'aperçu Aurélie auparavant. C'est d'ailleurs pourquoi elle a coupé son film brutalement avant qu'Aurélie n'apparaisse dessus

- (Bordier)... Max, je suppose que tu vas nous parler dans quelques minutes de la façon dont la famille Marciniak s'y est prise pour se débarrasser d'Aurélie Versois mais au préalable, je te repose ma question. Pourquoi donc Céline Marciniak a-t-elle volé le troisième trousseau dès la fin novembre 2016 ? Le crime sur Versois date du 11 février 2017 quand même…

- j'ai interrogé hier après-midi par téléphone Émilie Blanvin. Je lui ai dit que je connaissais l'histoire exacte du troisième trousseau et qu'elle me dise cette fois-ci la vérité. Et notamment à qui avait-elle raconté qu'elle détenait ce trousseau ?

Pas à sa mère qui n'aimait pas Aurélie m'a-t-elle répondu mais à sa sœur Céline histoire de lui dire combien Aurélie était un peu collante… le jury appréciera… mais au passage, nous avons donc confirmation que le trousseau a bien été volé par Céline Marciniak…

Maintenant, je vais enfin répondre précisément à ta question, Pierre. Dans cette histoire, les crimes perpétrés par le couple Marciniak relèvent beaucoup du hasard et un peu de l'opportunisme.

Au départ, il y a à l'accident de Descombres fortuitement filmé par Céline. Puis second hasard, Céline voit Aurélie sur place sans être vue… une Aurélie loin du Havre. Le couple Marciniak comprend tout de suite le grand bénéfice qu'il peut tirer de ces deux circonstances favorables. D'une part, faire chanter Descombres pour qu'il tue Julien Blanvin, ce qu'il réalise parfaitement bien le 24 novembre à Étretat.

D'autre part, et aux yeux de la police, faire retomber le meurtre d'Aurélie Versois sur le couple Émilie-David, voire sur la seule Émilie... Je vous parlerai bientôt du mobile de ce second meurtre...

Mais pour tuer Aurélie, il fallait bien disposer du trousseau puisque les Marciniak ne connaissaient pas le code de la porte d'entrée extérieure et qu'il n'avait pas la clé de la porte d'entrée intérieure. Voilà pourquoi le crime d'Étretat a été fixé au 24 novembre alors que l'accident de Descombres datait déjà du 28 octobre. Il fallait que Céline Marciniak ait le temps de voler le trousseau d'Aurélie le seul jour où elle voyait sa sœur, c'est-à-dire le 20 novembre, jour anniversaire de son beau-frère...

- (Bordier) Alors la haine des Marciniak débordait bien au-delà de Blanvin lui-même. ?

- Oui, en fait, la réussite sociale des Blanvin leur était insupportable mais il n'y avait pas que cela. David du Plessis est beau garçon et ambitieux tandis qu'Olivier Marciniak est souffreteux et sans envergure. Émilie est très jolie alors que Céline est ingrate.

Les Marciniak savaient très bien qu'à une réussite anéantie, celle des Blanvin, succéderait très bientôt une autre réussite, encore plus forte, celle des du Plessis. Une idée qui leur était devenue également insupportable.

Il fallait donc raser tout cela et le hasard leur apportait sur un plateau une magnifique double opportunité.

Quand ce pauvre gosse est mort le 28 octobre 2016 dans les rues mal éclairées de Fécamp, cet accident injuste et fortuit a été la cause d'un funeste destin à deux personnes aussi étrangères l'une de l'autre que pouvaient l'être Aurélie Versois et Julien Blanvin. Ainsi va la vie… si je puis dire…

(Bordier) Qui des deux a mis le poison dans la bouteille de martini et pourra-t-on un jour le prouver ?

- Rassure-toi, Pierre, mon dossier est enfin solide. Quand je me suis rendu cet après-midi dans l'appartement d'Aurélie Versois pour y retrouver les vêtements vus sur le film, j'en ai profité pour montrer au seul témoin de l'immeuble, qui avait cru reconnaître Venturi sur la photo anniversaire, une autre photo de famille.

Une photo que nos adjoints ici présents ont récupérée de la récente perquisition menée dans l'appartement d'Émilie Blanvin. Cette photo, la voilà… elle date d'avril 2015 et montre à côté des parents Grandin, Émilie elle-même, Céline et Olivier Marciniak. Et que voyez-vous au cou de ce dernier ?

- (Les autres) Un foulard bleuté avec des petits dessins blancs !!

- He oui, le même foulard que m'avait décrit mon précieux témoin, avant même que je lui montre la photo de Marciniak, datée d'avril 2015.

Il l'a reconnu formellement. Venturi et lui avaient le même regard mais pas le même foulard. À quoi se joue une enquête ! C'est donc bien Olivier Marciniak qui, à l'aide des clés volées par son épouse le 20 novembre 2016, est entré le 8 février 2017 dans l'appartement d'Aurélie Versois, a versé du poison dans son martini et est reparti comme si de rien n'était.

Pour ultime preuve de sa culpabilité, j'ai téléphoné à son entreprise tout à l'heure qui m'a confirmé que le 8 février dernier monsieur Marciniak avait bien pris sa demi-journée… celle du matin !

- (Bordier) Félicitations Max. T'es vraiment notre champion. Le Havre et tout le commissariat sont fiers de toi.

- Tu sais bien qu'une enquête réussie est forcément le résultat du travail de nous tous. Je ne suis que le dernier étage de la fusée, mais de vous à moi, je suis heureux qu'elle se finisse. Je crois que tout le monde devenait chèvre avec cette histoire…

- (Roland) Un dernier truc, Max, qui me titille. Puisque ni l'une ni l'autre n'étaient coupables pourquoi donc Aurélie avait-elle effacé tous les échanges téléphoniques qu'elles avaient eus ensemble ?

- Ah, ça… je ne suis pas dans sa tête. Aurélie s'était probablement construit mentalement un monde où elle était en complète osmose avec Émilie. L'effacement général de leurs relations relève du domaine du symbolique… (en riant) on ne peut pas comprendre, nous les mecs…

- (Roland) Puisqu'elle n'était pas coupable, pourquoi diable également Aurélie a trafiqué sa feuille de présence au tai-chi en octobre 2016 ?

- Ça encore, cela relève de la psychologie très particulière d'Aurélie Versois. J'ai interrogé par téléphone la dénommée Stéphanie Vernon. Elle ne connaissait absolument pas le nom d'Émilie Blanvin. Et inversement cette dernière n'avait jamais entendu parler de Stéphanie Vernon…

- (Roland) Ça ne me dit pas pourquoi Aurélie a mis du blanc sur sa feuille de présence ?

- Elle ne voulait pas qu'Émilie sache qu'elle pouvait entretenir une forme d'intimité avec une autre femme qu'elle. Donc, elle l'a cachée… même à la police…

- (Romblet) : Max, tu as travaillé toute la nuit. Finalement, pourquoi n'as-tu pas accepté que ce soit Émilie la coupable ? Pour son minois ?

- Non, tu n'y es pas… J'avais acquis la certitude que Versois était bien incapable de fomenter un truc pareil. Il suffisait donc de chercher la faille dans mon propre raisonnement initial… le déclic fut l'info que nous a donnée Venturi…

- (Bordier) Bon… allez c'est pas tout les gars, tout ça, c'est déjà du passé. Maintenant, on amène le champagne et on va fêter cette nouvelle tous ensemble… (se mettant à sourire intérieurement)

- (Romblet) Toi, commissaire, tu penses à quelque chose ?

- (Bordier) Je pense à Frankel… il m'avait dit qu'après avoir inculpé Émilie Blanvin, il dirait quelques mots satisfaits à la presse…

- (Romblet) Et alors ?

- (Bordier) Il va devoir jeter son laïus. Cette fin va vraiment lui couper le souffle !

****

TABLE DES MATIERES

1) Un si bel endroit 03
2) L'inconnu d'Étretat 11
3) Un suspect fantomatique 19
4) Faux-semblants 26
5) Chers amis… 31
6) Faux-fuyants 43
7) Une histoire de morale 48
8) L'impasse 56
9) Le nœud de l'espoir 69
10) Gougeons ou silures 77
11) Romblet nous dit tout… 87
12) Roland en dit tout autant… 98
13) Dans le vif du sujet 108
14) Retour de bâton 122
15) Genevois à l'offensive 129
16) Perquisition 136
17) Témoins adjacents 141

18) Gril	146
19) Tout est possible	155
20) Frôlements	165
21) Rebondissement	171
22) La dernière marche	183